Richard Deiss

So weit die Flüsse tragen

Kleine Geschichten zur Binnenschifffahrt gestern und heute

Adresse des Autors

Richard Deiss
Saarbrückener Str. 71
B-53117 Bonn
rich.deiss@yahoo.de

Herstellung und Verlag: Books on Demand GmbH,
Norderstedt

Sechste Auflage 2011, Originalausgabe

Printed in Germany

ISBN   978-3-837-0078-55

*Der Inhalt des Buches entspricht der Privatmeinung des Autors.
The content of the book represents the private opinion of the
author.*

**Bibliografische Information der Deutschen
Nationalbibliothek**

Die Deutsche Nationalbibliothek verzeichnet diese Publikation in
der Deutschen Nationalbibliografie; detaillierte bibliografische
Daten sind im Internet über http://dnb.d-nb.de abrufbar

Inhalt

Vorwort   **5**

1.	**Klima und Wetter**	**7**
2.	**Erfindungen**	**9**
3.	**Deutschland**	**12**
3.1	Bayern	12
3.2	Baden-Württemberg	21
3.3	Rheinland-Pfalz	26
3.4	Saarland	31
3.5	Hessen	32
3.6	Nordrhein-Westfalen	35
3.7	Niedersachsen und Bremen	45
3.8	Hamburg und Schleswig-Holstein	50
3.9	Berlin, Brandenburg und Mecklenburg	52
3.10	Sachsen-Anhalt und Thüringen	58
3.11	Sachsen	60
4.	**Österreich und die Schweiz**	**62**
4.1	Österreich	62
4.2	Schweiz	65
5.	**Europa**	**67**
5.1	Benelux	67
5.2	Frankreich	70
5.3	Großbritannien	77
5.4	Irland	84
5.5	Nordeuropa und Baltikum	86
5.6	Polen	87
5.7	Tschechische Republik	90
5.8	Ungarn, Ex-Jugoslawien, Slowakei	92
5.9	Rumänien	97

5.10 Spanien und Portugal   97
5.11 Italien und Griechenland   99
5.12 Russland und Weißrussland   102

6.   Nordamerika   **106**
6.1 USA   106
6.2 Kanada   111

7.   Lateinamerika   **112**
7.1 Der Panamakanal   112
7.2 Andere Wasserwege   114

8.   Afrika   **117**
8.1 Der Suezkanal   117
8.2 Andere Wasserwege   120

9.   Asien   **122**
9.1 China   122
9.2 Andere Länder Ostasiens   124
9.3 Süd- und Westasien   126

10. Australien und Neuseeland   **128**

Anhang   **129**

1. Gewässerbeinamen   129
2. Wichtige Flüsse   130
3. Wasserstraßen auf der UNESCO-Liste   130
4. Städte mit Stapelrecht   131
5. Personenverkehr auf Binnengewässern   132
6. Binnenschiffsgüterverkehr   133
7. Die größten Binnenhäfen   134
8. Die größten Binnenhäfen 1875   136

Literaturhinweise   137

Vorwort

Die Idee für dieses kleine Taschenbuch war ursprünglich, Anekdoten zum Bereich der Binnenschifffahrt zusammenzustellen, denn zuvor hatte ich bereits zu Bahnhöfen und dem Verkehr allgemein Anekdoten, kleine Geschichten und Trivia publiziert. Doch da es zur Binnenschifffahrt nur eine begrenzte Zahl interessanter Anekdoten gibt, wurde daraus schließlich eine Sammlung interessanter Geschichten und Fakten zu den Binnenwasserstraßen, vor allem zu deren Vergangenheit.

Denn Binnenwasserstraßen waren einst, als es weder motorisierten Straßenverkehr noch Eisenbahnen oder Pipelines gab, als Transportweg von weit größerer Bedeutung als heute. Sogar kleinere Flüsse wurden, mangels Transportalternativen, früher für den Güter- und Personenverkehr genutzt. Während der Landtransport aufgrund schlechter Straßen mühsam war, war auch der Transport auf dem Wasserweg nicht ohne Probleme. Flussabwärts konnte vor allem die Strömung genutzt werden, doch flussaufwärts musste oft getreidelt werden, das heißt Schiffe mussten von Menschen oder Tieren, die sich auf Leinpfaden bewegten, mühsam gezogen werden. In den Flüssen lauerten gefährliche Riffe und Strudel. Während im Sommer kleinere Flüsse an Wassermangel litten, lag der Verkehr im Winter oft wegen Eisbehinderung still. Entlang größerer Flüsse wie dem Rhein mussten zahlreiche Zollstellen passiert werden und manche Städte übten das Stapelrecht aus, das heißt, Güter mussten hier ausgeladen und zum Verkauf angeboten werden, bevor sie weitertransportiert werden durften. Mit dem Aufkommen der Eisenbahn und später dem Straßengüterverkehr ging die Bedeutung des Binnenschiffsverkehrs schließlich zurück. Der Binnenschiffsverkehr zog sich auf leistungsfähige Wasserstraßen zurück, die immer mehr ausgebaut wurden. Der Binnenschiffsverkehr ist eine zwar langsam, aber kostengünstig. Er hat sich deshalb eine Nische im Transport wenig zeitsensibler Schüttgüter erhalten und profitiert heute auch vom wachsenden Containerverkehr. Ab und zu werden auch sehr sperrige Güter auf Binnenschiffen transportiert. Dazu gehören zum Beispiel Flugzeuge und Kraftwerksteile. Denn aufgrund der engen Lichtraumprofile, die oft zusätzlich durch Tunnel und Oberleitungen begrenzt sind, kann die Bahn sperrige Güter kaum transportieren. Autobahnen, die mehr Platz haben, sind dagegen dicht befahren und müssen umständlich für den Verkehr gesperrt werden.

Während es viele Bücher zur Schifffahrt auf europäischen Flüssen und Kanälen gibt, sind jedoch weltweite Übersichten zur Binnenschifffahrt selten. Das erklärt auch, wieso manche Binnenschiffsweltrekorde, die in Deutschland oder Europa reklamiert werden, wie *größter Binnenhafen der Welt*, bei weltweiter Betrachtung oft nicht zu halten wären.

Ich hoffe, diese Zusammenstellung ist für verkehrsinteressierte Leser nützlich und unterhaltsam und hilft, vorhandenes Wissen abzurunden. Vielleicht gibt es ja noch weitere interessante Anekdoten und Geschichten. Für Kommentare und Hinweise, aber auch Korrekturen, bin ich deshalb auf jeden Fall dankbar. Im Frühjahr 2011 wurde die Sammlung durch sieben kleinere Geschichten ergänzt und Statistiken im Anhang aktualisiert. Neuauflagen sind ca. alle zwei Jahre geplant. Rolf Dieter (Brüssel), Jens Fischer-Kottenstede (Bad Camberg) und Jörg Berkes (Langen) möchte ich für Anregungen und Verbesserungsvorschläge herzlich danken.

Bonn, im März 2011   Richard Deiss

1. Klima und Wetter

Die Binnenschifffahrt ist wettersensibler als andere Verkehrsträger. Niedrigtemperaturen mit Eisbildung behindern sie (in Skandinavien und Russland ruht sie deshalb im Winter), aber auch Hitze mit Trockenheit und Niedrigwasser setzen ihr zu (deshalb ist ihre Bedeutung in Südeuropa gering). Zu viel Regen ist jedoch auch nicht gut, denn eine Flut kann die Binnenschifffahrt ebenfalls zur Betriebsruhe zwingen.

Die Magdalenenflut

In Juli 1342 ereignete sich die seit Menschengedenken größte Naturkatastrophe Mitteleuropas. Alle großen Flüsse, darunter Rhein, Donau, Weser, Elbe, Main und Neckar traten gleichzeitig über die Ufer und in vielen Städten wurden die Brücken zerstört.

Schriftquellen berichten aus Frankfurt am Main „ *1342 hat sich auf Maria Magdalenen Tag eine solche Flut ergossen, da mancher Ort unter Wasser gesetzt worden. Dermalen haben sich der Main, die Pegnitz bei Nürnberg, der Rhein, Waal und Maaß gewaltig aufgeschwellt, wodurch ein großer Teil von Holland unter Wasser gesetzt worden. Der Main war so hoch gestiegen, dass das Wasser rings um Sachsenhausen herumging und zu Frankfurt alle Straßen unter Wasser standen. Selbst in den Kirchen hatte man etliche Schuh hoch Wasser, darum Jedermann in der Furcht gestanden, die ganze Stadt würde vergehe*n." Aus Süddeutschland wurde berichtet *"es schien, als ob das Wasser von überall her hervorsprudelte, sogar von den Gipfeln der Berge, so dass es Gegenden bedeckte, wo es ungewöhnlich war.*" Aus Zwickau wurde berichtet „ *Über dieser Ergießung der Mulden ist hoch zu verwundern, weil sie eben den Tag ergangen da fast an allen Wassern in Deutschland dergleichen geschehen und die stattlichsten*

Brücken weggeführt wurden, als die zu Dresden, zu Meissen, zu Regensburg, zu Würzburg, Frankfurt, Bamberg, Erfurt etc." Auch die Brücke in Prag wurde zerstört, was zum Bau der Karlsbrücke führte. In Hannoversch Münden zeugt eine Hochwassermarke an der Kirche St. Blasien noch heute von der Katastrophe.

Das Unglück von Bodenwerder

Einst war die Schifffahrt im Winter wegen Eisgang gefährlich oder musste oft ganz eingestellt werden. Winterhäfen wurden später zum Schutz der Schiffe in vielen Orten eingerichtet. Im niedersächsischen Bodenwerder froren im Januar 1709 fünf Schiffe im Eis der Weser ein und wurden durch den Eisdruck zertrümmert. Ein Schiff soll dabei sogar über die Stadtmauer hinweg gehoben und in einen Obstgarten geworfen worden sein.

Der Hungerstein von Schönebeck

Die Elbe ist relativ seicht und leidet immer wieder an Niedrigwasser, was ihre Nutzbarkeit durch die Schifffahrt einschränkt. Nach dem verheerenden Hochwasser im August 2002 gab es im Sommer 2003 wieder eine Niedrigwasserperiode. Bei Schönebeck trat bei einem Pegel von nur noch gut 1 m deshalb der so genannte *Hungerstein* zu Tage. Dieser heißt so, weil sein Erscheinen einst das Einstellen der Schifffahrt bedeutete und die Binnenschiffer ohne Einkommen somit hungern mussten. Weiter elbaufwärts gibt es bei Decin in Böhmen einen weiteren Hungerstein, auf dem bei Niedrigwasser zu lesen ist `*Wenn du mich siehst, dann weine*´. 1893 war das Wasser hier nur 20 cm tief. Einen Hungerstein gibt es auch in der Mosel – auf der Höhe von Litzig bei Traben. Am Rhein gibt es keinen- obwohl bei extremem Niedrigwasser ein großer Mensch den Rhein zu Fuß überqueren kann. Ein Journalist soll es angeblich einmal probiert haben.

2. Erfindungen

Leonardo da Vinci

Das italienische Multitalent (Künstler und Ingenieur) Leonardo da Vinci (1452-1519) begann seine Karriere als Kanalingenieur in Mailand. Leonardo gilt als Universalgenie, seine Leistungen wurden aber im Laufe der Zeit überhöht. So wurde ihm bereits nicht nur (fälschlicherweise) die Erfindung des Fahrrades und, wegen seiner Zeichnung einer Luftschraube, des Hubschraubers, sondern auch die Erfindung der Kanalschleuse zugesprochen. Immerhin hat er erheblich zur Weiterentwicklung der Kammerschleuse beigetragen.

Die Gierseilfähre

Im Jahre 1657 erfand der Holländer Hendrick Heuck die Gierfähre, um den Verkehr über den breiten Fluss Waal zu erleichtern. Dabei hängt die Fähre (die so genannte Gierponte) an einem langen Drahtseil, das sich vor der Fähre in ein am Bug und ein am Heck befestigtes Ende aufteilt. Damit verändert sich der Anstellwinkel der Fähre. Der Druck des anströmenden Wassers drängt die Fähre schließlich an das andere Ufer. An der Elbe und Weser gibt es noch heute etliche Gierseilfähren.

Papins abrupt endende Schiffsreise

Der Franzose Denis Papin (1647-1712) gilt als Wegbereiter der Dampfmaschine. Landgraf Karl (1670-1730) berief ihn 1688 als Professor für Mathematik an die Universität Marburg. Nach zwölf Jahren in Marburg und Kassel wollte er 1707 nach London abreisen. Dazu startete die Familie mit einem Schiff auf der Fulda. Angeblich soll es sich dabei um das erste Dampfschiff gehandelt haben, wohl eine Legende. Eher war es ein handbetriebenes

Ruderradschiff. Mit diesem gelangte die Familie nur bis Hann. Münden, denn dort wurde das Boot von Schiffern, die Konkurrenz fürchteten, zerstört.

Napoleon und das Dampfschiff

Ein Dampfschiffpionier war der Amerikaner Robert Fulton (1765-1815), der diese Technik entscheidend weiterentwickelte. Die Franzosen waren an dieser Innovation interessiert, da sie eine Möglichkeit sahen, die Dominanz der britischen Flotte zu See zu brechen. Fulton, der sich auch in Europa aufhielt, hatte bereits im Jahr 1800 das erste U-Boot für die Franzosen gebaut, die Nautilus. Im Jahr 1803 baute er ein Dampfschiff und testete es auf der Seine, aber das Schiff sank. Da der Dampfantrieb gerettet werden konnte, baute er unmittelbar danach ein zweites Schiff, das er erfolgreich vorführen konnte. Nach der Legende sah Napoleon die Probefahrt des ersten Dampfschiffes, das unterging, und verlor daraufhin das Interesse an dieser Technologie.

Die Schiffsschraube

Die ersten Dampfschiffe wurden mit Schaufelrädern angetrieben. Doch bald arbeiteten verschiedene Erfinder an einer besseren Lösung. Eine wichtige Grundlage lieferte Archimedes von Syrakus (287- 212 v. Chr.) mit seiner Archimedischen Schraube zur Wasserbeförderung. Zur technischen Reife wurde der Schiffspropeller vom österreichischen Forstbeamten Joseph Ressel (1793-1857) gebracht. Später erfand der Brite Francis Pettit Smith (1808-1874) die Schiffsschraube noch einmal. Er hatte erfolgreich an einer Ausschreibung der britischen Admiralität zur Erfindung eines Schiffspropellers teilgenommen. Ein Schreiben Ressels an die Briten mit Hinweis auf seine Erfindung ging dagegen `verloren´.

Daimlers erstes Motorboot

Gottlieb Daimler (erstes Vierrad-Auto) gilt mit Carl Benz (erstes Auto, allerdings mit drei Rädern) als Erfinder des Automobils. Daimler baute in Bad Cannstatt, zusammen mit dem konstruktiv begabten Wilhelm Maybach, den Viertaktmotor auch in andere Verkehrsmittel ein und schuf so auch das erste Motorrad (den `Reitwagen´) und im Jahre 1886 auch das erste Motorboot. Als Daimler das Motorboot konstruierte, hielten die Leute Benzinmotoren noch für so gefährlich, dass er Kabel und Isolatoren hinzufügen musste, damit es so aussah, das Boot würde elektrisch angetrieben. Später wurden Boote vor allem mit Dieselmotoren ausgestattet. Rudolf Diesel selbst ertrank übrigens 1913 auf einer Schifffahrt über den Ärmelkanal.

Der Containerverkehr

Als Erfinder des Seecontainerverkehrs gilt der amerikanische LKW-Spediteur Malcolm McLean (1913-2001). Angeblich kam McLean auf die Idee eines standardisierten Containers, als er eine Schachtel Zigaretten aus einem Automaten zog und ihm ein Licht aufging, was die Logistikvorteile von Standardbehältern betraf. Heute wird der Containerverkehr auch für die Binnenschifffahrt immer wichtiger.

Udo Wulf und die Luftschmierung

Bei der mit Forschungsgeldern finanzierten Entwicklung des neuen Binnenschiffstyps *Futura Carrier* kam der Kieler Ingenieur Udo Wulf (60) auf eine neue Idee, den Energieverbrauch zu senken: die Luftschmierung. Dabei wird mit Kompressoren Luft unter das Schiff gepresst und dieser Luftblasenfilm unter dem Rumpf trägt zu Reibungsminderung und zu einer Energieeinsparung von etwa 10% bei.

3. Binnenschifffahrt in Deutschland

3.1. Bayern

Die Fossa Carolina

Die Idee zur Schaffung einer durchgehenden Wasserstraßenverbindung zwischen Rhein und Donau ist alt. Bereits zu Römerzeiten gab es Schifffahrt auf dem kleinen Fluss Rezat. Zwischen Weißenburg (an der Rezat) und Treuchtlingen (an der Altmühl) wurden die Schiffe mit Karren befördert. Im Jahr 793 ließ Karl der Große bei Gunzenhausen den Bau eines Kanals zwischen Schwäbischer Rezat und Altmühl beginnen (der noch heute in Teilen sichtbare Karlsgraben, die *Fossa Carolina*). Es ist heute nicht klar, ob eine Durchbindung gelang, doch hatte der Bau durch das teilweise sumpfige Gelände ohnehin keinen Bestand.

Im Jahre 1667 wurde die Idee einer Kanalverbindung von Eberhard Wassernberg in einer Schrift an die in Regensburg versammelten Reichsstände wieder aufgenommen. Er argumentierte, dass durch das Projekt Karls des Großen den Ständen des Heiligen Römischen Reiches eine Goldgrube eröffnet, aber auch wieder zugestopft wurde und dass der Bau einer solchen Handelsstraße die damalige wirtschaftliche Übermacht Frankreichs brechen könnte.

Die Regnitz-Schifffahrt

Anfang des 19. Jahrhunderts entstanden neue Initiativen für einen Kanal in Franken, so zum Beispiel durch Friedrich Fick. Dabei wollte man erst die Tauglichkeit der Regnitz für die Schifffahrt testen. Deshalb wurde im Frühjahr 1812 zwischen Erlangen und Forchheim ein Flößversuch durchgeführt, der erfolgreich ausging. Dadurch ermutigt flößte der Bamberger Gastwirt und

Holzhändler Strüpf sein die Wiesent herabkommendes Holz weiter bis Bamberg, statt es in Forchheim auf Fuhrwerke umzuladen. Doch die Mühlenbesitzer erhoben Einspruch, es kam vor dem Stadtgericht von Fürth zu einem Prozess und Strüpf wurde zu einer Strafe von 3000 Gulden verurteilt. Die Mühlenbesitzer hatten nämlich die Leitwerke im Fluss immer weiter erhöht, um mehr Wasser auf ihre Mühlen zu leiten. Das war eigentlich entgegen der Vorschriften, und es führte zu Überschwemmungen und Uferzerstörung und der Prozess gegen Strüpf führte letztlich wieder zu einer Durchsetzung der bestehenden Wassergerichtsordnung. Doch die Flößerei wurde weiterhin nicht zugelassen.

Der Ludwigskanal

1825 beauftragte dann König Ludwig I. von Bayern den Baurat von Pechmann, neue Pläne zu entwerfen. 1836 begannen die Arbeiten dieser über Dietfurt an der Altmühl und Neumarkt in der Oberpfalz verlaufenden Kanalstrecke, die im Wesentlichen bereits 1839 abgeschlossen waren. Doch erst 1845 wurde der Kanal eröffnet.

Lange wurde das Projekt mit Misstrauen verfolgt, doch als ein mit 1000 Zentnern beladenes holländisches Schiff ankam, um weiter nach Wien zu fahren (das Schiff benötigte für die damalige Zeit kurze 34 Tage für die Gesamtstrecke) und auch immer mehr Schiffe aus der Donau kamen, machte sich Zuversicht breit.

Doch der von König Ludwig I. initiierte Donau-Main-Kanal (später Ludwigskanal genannt) litt von Anfang an an zu wenig Wasser, obwohl das Kanalbett ohnehin nur für eine Tiefe von 1.46 Meter ausgelegt war. Als der vortragende Baurat, der dem König über die Eröffnungsfeier berichtete, erwähnte, dass der Andrang der Schaulustigen so groß war, dass ein Mann von der Menschenmenge in den Kanal gestoßen und ertrunken sei, antwortete der König: „Sie Schmeichler!".

Durch den aufkommenden Eisenbahnverkehr und die Tatsache, dass durch die geringe Kanalbreite durchgehender Schiffsverkehr zwischen Rhein und Donau nicht möglich war, verlor der Kanal rasch an Bedeutung. 1950 wurde er schließlich aufgelassen.

Der Engpass

Während der Ludwigskanal an Wassermangel litt, gab es noch weitere Engpässe in der Wasserstraßenverbindung Main-Donau. 1856 wurde bei Bamberg für ein Wasserkraftwerk einer Baumwollspinnerei eine Fabrikschleuse eröffnet - mit einer Wassertiefe von nur 80 cm. Diese galt den Schiffsleuten lange als *„das größte Schiffshindernis zwischen Rhein und Schwarzem Meer"*.

Der neue Engpass

Heute wird von einem neuen bayerischen Engpass auf dieser Wasserstraße gesprochen: dem naturbelassenen Donauabschnitt zwischen Straubing und Vilshofen. Hier stehen sich Naturschutzinteressen und Transportwirtschaftsinteressen entgegen. Im Jahre 2007 wurde die ehemalige holländische Verkehrsministerin Karla Peijs von der Europäischen Kommission damit beauftragt, sich neben dem Ausbau der Verbindung Seine-Schelde, um diese Frage zu kümmern.

Das dümmste Projekt

Schon Ende des 19. Jahrhunderts gab es Pläne für eine leistungsfähigere Verbindung, und 1921 wurde eine Rhein-Main-Donau AG gegründet und erste Bauarbeiten durchgeführt. Doch erst seit 1969 wurde an der eigentlichen Kanalstrecke gebaut und bis 1981 war eine 22 km lange Teilstrecke Nürnberg-Roth fertig gestellt. Nach der Ölkrise drängte 1975 auch der österreichische Bundeskanzler Kreisky auf eine Fertigstellung des Kanals. Doch 1981 nannte Volker Hauff, Bundesverkehrsminister von 1980-1982, den Kanal *das dümmste Bauwerk seit dem Turmbau zu Babel*. Dieser von ihm nie dementierte Ausspruch stand in fast allen wichtigen Zeitungen Europas. Und es gab in der Tat auch Anlass zur Kritik, denn durch die zu bewältigenden Höhenunterschiede sind viele Schleusen nötig, was teilweise die Energieeffizienz des Wassertransportes relativiert und zu niedrigen Transportgeschwindigkeiten führt.

Dennoch wurde 1982 beschlossen, den Kanal fertig zu stellen. 10 Jahre später, im September 1992, wurde die letzte Strecke des 171 km langen Kanals schließlich in Betrieb genommen. Jedoch wurde schon im Jahre 1999, nachdem die Überreste einer von der NATO bombardierten Brücke bei Novi Sad in Serbien und später eine Pontonbrücke die Donau blockierten, die durchgehende Verbindung zum Schwarzen Meer wieder unterbrochen. Erst seit 2005 ist der Weg wieder frei.

Schiff Ahoi!

Vor der Eröffnung des Main-Donau-Kanals gab es im Raum Nürnberg nur wenig Schiffsverkehr. So wird die Anekdote kolportiert, dass Nürnberger auf Besuch in Hamburg im Hafen beim Anblick eines Schiffes „Schiff Ahoi" sagten, zurück in Franken jedoch „Hoi a Schiff".

Marktsteft - ältester Hafen Bayerns

Marktsteft ist eine unterfränkische Kleinstadt (1800 Einwohner) am Main, die über den ältesten in ursprünglicher Form erhaltenen Hafen Bayerns verfügt. Nachdem zuerst ein natürlicher Anlegeplatz genutzt wurde, baute man 1711-1729 einen soliden Hafen. Der Hafen lockte Gewerbe wie Strumpfwirker an, die hier ab 1731 Werkstätten errichteten. Als sich die Grafschaft von Ansbach, zu der Marktsteft gehörte, durch aufwendigen Hofstaat und den Bau von Schlössern hoch verschuldet hatte, versuchte der Markgraf durch Soldatenverkauf an England seinen Schuldenberg zu vermindern. Die amerikanischen Kolonien drängten nach Unabhängigkeit und England brauchte dringend Soldaten, um die Kontrolle zu behalten. Zwischen 1777 und 1782 wurden über 1000 Männer im Hafen von Marktsteft nach Amerika eingeschifft, um im Unabhängigkeitskrieg auf englischer Seite zu kämpfen. 60% dieser Soldaten kamen wieder zurück, aber ein Sechstel fiel im Krieg. Die übrigen blieben in den USA. Zu den Auswanderern gehörten auch die Vorfahren der Gründer des Kaufhauskonzerns Woolworth. Unter den Rückkehrern war wiederum der spätere Feldmarschall von Gneisenau.

1788 vermietete der Markgraf erneut Soldaten, diesmal an Holland. Nun wurden etwa 1400 Mann mit 28 Booten verschifft. Doch die Holländer hatten Zahlungsprobleme, die erhoffte Schuldentilgung wurde nicht erreicht. 1791 trat der Markgraf gegen eine Leibrente seine Grafschaft an Preußen ab und wanderte nach England aus. Marktsteft wurde so zum südlichsten Hafen Preußens.

Durch die Eisenbahnkonkurrenz sank im 19. Jahrhundert die Bedeutung des Hafens, heute ist er nur ein Denkmal.

Dorfprozelten - die Binnenschiffergemeinde

In der Ortsmitte von Dorfprozelten am Untermain fällt ein dort stehender Schiffsmast auf. Dieser weist auf die Bedeutung der Schifffahrt für den Ort hin, denn Dorfprozelten war lange Zeit das größte Binnenschifferdorf Deutschlands. Dies hing mit der bedeutenden örtlichen Sandsteinindustrie zusammen., denn der in Dorfprozelten abgebauten Sandstein wurde per Schiff weiterbefördert. Steinhauer aus Dorfprozelten waren einst am Mainzer Dom, am Berliner Reichstag, am St. Petersburger Winterpalais und vielen anderen Bauten tätig.

Der Frankenwald und Amsterdam

Einst hieß es „*Amsterdam ist auf dem Frankenwald erbaut*", denn im 19. Jahrhundert wurden Baumstämme aus dem Frankenwald per Floß über Main und Rhein nach Holland gebracht, wo sie im Schiffbau, aber auch im Städtebau Verwendung fanden.

Die Steinerne Brücke und der Regen

Regensburg war im Mittelalter eine der wichtigsten Städte im Süden Deutschlands und Sitz des Reichstages. Die an der Donau gelegene Stadt war durch Handel reich geworden. Schon zu Zeiten Karls des Großen gab es eine Holzbrücke über die Donau. Da diese durch Hochwasser und Eisgang immer wieder beschädigt wurde, ersetzte man sie in den Jahren 1135-1146 durch die heute noch bestehende *Steinerne Brücke*, die erste ganz aus Stein erbaute Brücke in Deutschland. Diese Brücke war Vorbild für die Alte Mainbrücke in Würzburg und die Karlsbrücke in Prag. Zum Schutz der Brückenpfeiler vor Unterspülung und Eisgang wurden um die Brückenpfeiler Beschlächte gebaut, die sogar Mühlen Platz boten. Die verbleibende Flussrinne war so eng, dass der gefährliche `Donaustrudel´ entstand. Erst im 19. Jahrhundert, mit dem Bau des Ludwigskanals, verschmälerte man die Beschlächte, um einen breiteren Durchfluss zu schaffen. Ein weiteres Mal geschah dies nach dem Zweiten Weltkrieg, doch für den modernen Binnenschiffsverkehr war die Brücke weiter ein Engpass. So verhilft eine Umleitung, über die Mündung des Flusses Regen, diesem Oberpfälzer Fluss, der seinen einstigen Boots- und Floßverkehr im 20. Jahrhundert bereits verloren hatte, auf einem kleinen Stück zu Durchgangsverkehr auf der Relation Donau-Main.

Die Vils

In der Gegend um Amberg wurde einst Eisenerz gefördert. Auf der Vils wurde es bereits im Mittelalter zu Schmieden entlang der Donau und bis Passau befördert. In umgekehrter Richtung kamen Eisenprodukte zurück. Dabei stauten immer mehr Mühlen die Vils auf. Schleusen gab es noch nicht, aber die Höhenunterschiede wurden von den damals leichten Schiffen, eigentlich eher Boote, durch eine Art Rutsche überwunden, einen „Fall". Mit so genannten Vils-Plätten wurde das Erz nach Regensburg transportiert. Von Historikern wurde wegen der Eisenproduktion und der Schifffahrt sogar der Begriff `Amberg - Ruhrgebiet des Mittelalters´ gebraucht. Hier wurde damals mehr Eisen als in ganz England oder Frankreich produziert. Nach Erliegen des Bergbaus im 16. Jahrhundert wurde auf der Vils fast nur noch Salz von Regensburg nach Amberg befördert.

Die Wasserscheide

Der bayerische Dichter Jean Paul nannte das Fichtelgebirge einst die *Zirbeldrüse Europas*. In diesem relativ kleinen Gebirge treffen sich mehrere Wasserscheiden. Die Fichtelnaab vereinigt sich mit anderen Flüssen zur Naab und fließt in die Donau und damit ins Schwarze Meer, der Weiße Main wird zum Main und fließt in den Rhein, die Saale fließt in nördlicher Richtung in die Elbe und die Eger tut dasselbe in östlicher Richtung fließend.
Weiter südlich befindet sich eine weitere interessante Wasserscheide in der Gemeinde Birgland. Im Ortsteil Poppberg ist an der dortigen Martin-Luther-Kirche ein Schild angebracht, das auf die durch den Ort laufende

Wasserscheide Rhein/Donau hinweist. Niederschläge, die auf die südliche Dachhälfte fallen, sollen in die Donau fließen, Regen, der auf die nördliche Dachhälfte fällt, dagegen in den Rhein.

Die Isar

Die Isar ist zu seicht und besitzt eine zu unregelmäßige Wasserführung für die Schifffahrt, doch bestand einst eine lebhafte Flößerei. Noch 1831 gab es in München zehn Floßmeister. An der Unteren Lände, heute Standort des Deutschen Museums, herrschte einst emsiges Treiben durch Flöße aus dem Isarwinkel und dem Loisachtal. Die Ladung und das Holz des Floßes wurden verkauft und die Flößer machten sich zu Fuß zurück in die Heimat, um dort wieder neues Floßholz zu kaufen. Wolfratshausen war lange Zeit Zollstelle, tausende Flöße legten einst dort jedes Jahr an. Seit 1623 verkehrte sogar ein Ordinari-(regelmäßiges) Reisefloß einmal in der Woche von München nach Wien. Die Reise dauerte etwa 7 Tage und kostete 3 Gulden. Auch von Regensburg, Augsburg und Ulm verkehrten regelmäßig solche Flöße in die Donaustadt. Durch konkurrierende Verkehrsmittel und den Bau von Wasserkraftwerken, die dem Fluss Wasser entzogen und der Flößerei im Oberlauf die Grundlage nahmen, ging die Flößerei Anfang des 20. Jahrhunderts immer mehr zurück. Doch die Isartalbahn nach Wolfratshausen hatte der Flößerei auch neue Märkte verschafft. Ausflugsfloßfahrten finden seit hundert Jahren immer mehr Freunde und so fahren noch heute in der Sommersaison täglich Ausflugsflöße von Wolfratshausen bis nach München zur Zentrallände in Thalkirchen. Touristenflöße gibt es auch auf anderen Flüssen, jedoch nicht so viele, wie auf der Isar.

Der Lech

Auch auf anderen südbayerischen Flüssen gab es Flößerei, so auf Lech und Iller. 1869 fuhren noch über 3000 Flöße auf der Iller, 1918 waren die letzten zwei auf diesem Fluss unterwegs. Die Entwicklung auf dem Lech war ähnlich. Um 1600 kamen jährlich 3500 Flöße nach Augsburg, über die Hälfte fuhr über eine Floßgasse weiter zur Donau. Im Jahre 1741 erhielt ein Floßmeister in Augsburg sogar ein kaiserliches Privileg für eine wöchentliche Fahrt eines Floßes nach Wien. 1921 wurde die Floßfahrt auf dem Lech offiziell aufgehoben. Als Anfang des 20. Jahrhunderts bei Augsburg Wehre, Seitenkanäle und Kraftwerke gebaut wurden, waren diese noch mit kleinen Schiffsschleusen versehen. Nach 1940 wurden am Oberlauf zahlreiche Wasserkraftwerke errichtet, jedoch ohne Schiffsschleusen.

Lindau

Lindau war einst ein wichtiger Trajekthafen für den Güterverkehr von der und in die Schweiz. Getreide bis aus Ungarn und Rumänien kam hier an und wurde in Waggons auf Schiffen in die Schweiz gebracht. In umgekehrter Richtung kamen sogar Orangen aus Spanien über den Bodensee. Noch 1937 wurden jeden Tag 100 Güterwaggons transportiert.

Die Werft im Binnenland

Wenn man die Zahl der produzierten Wasserfahrzeuge als Maßstab nimmt, hat überraschenderweise Bayern die größte deutsche Werft - und diese liegt nicht einmal an einem Wasserweg. Die Bavaria-Werft in Giebelstadt bei Würzburg produziert auf industrielle Art pro Jahr 3500 Motorboote und Segeljachten - mehr als jede andere in der Bundesrepublik. Doch auch diese effiziente Werft blieb von der Weltwirtschaftskrise um 2009 nicht unverschont.

3.2 Baden-Württemberg

Die Quelle der Donau

Während die meisten Flüsse flussabwärts kilometriert sind, werden bei der Donau die Entfernungen von der Mündung flussaufwärts gemessen. Das liegt daran, dass es unterschiedliche Ansichten zur Quelle der Donau gibt. In Donaueschingen, wo sich Brigach und Breg zur Donau vereinigen, sieht man eine Quelle in einem Park als Donauursprung. Auch Furtwangen, wo die Breg entspringt, die ein klein wenig länger ist als die Brigach, meint, die Donauquelle für sich reklamieren zu können. Doch an trockenen Sommertagen fließt weder das Wasser von Brigach und Breg noch das der `Donauquelle´ in Donaueschingen ins Schwarze Meer. Bei Immendingen, etwa 20 Kilometer von Donaueschingen entfernt, versickert das Donauwasser dann nämlich gänzlich, fließt unterirdisch nach Süden und kommt dann im Aachtopf ans Tageslicht, von wo aus es über Aach und Bodensee in den Rhein und damit in die Nordsee fließt.

Die Ulmer Schachteln

Zwischen Ulm und Kelheim ist die Donau für kleinere Personenboote noch befahrbar, für heutige Binnengüterschiffe jedoch nicht schiffbar. Doch einst war Ulm in der Schifffahrt durchaus von Bedeutung. In Ulm wurden nämlich flache, schmale Boote mit einem schachtelartigen Aufbau gebaut. Diese Boote wurden in Württemberg auch als `Ulmer Schachteln´ verspottet. Die Ulmer bezeichneten die Boote dagegen als *Zillen*, *Wiener Zillen* oder *Plätten* und wehrten sich gegen die Spottbezeichnung. Doch diese blieb hängen und heute werden diese Boote allgemein als `Ulmer Schachteln´ bezeichnet. Diese trieben im 17. Jahrhundert die Donau nicht nur mit Waren bis Wien hinunter. Sie transportierten auch schwäbische Siedler, die sich, nach sukzessivem Rückzug der Türken, auf den ertragreichen Böden des südosteuropäischen Donauraumes ansiedelten. Deutsch wurde so zu einer Lingua Franca der Donauachse und aus den Siedlern wurden später die Donauschwaben sowie die Banater Schwaben. Eine Gegend im damals noch osmanisch beherrschten Ungarn hieß sogar *Schwäbische Türkei*.

Die Steine des Münsters

Einst gab es sogar einen zweiten Wasserweg nach Ulm. So wurden die Steine für das Ulmer Münster, dessen Hauptturm lange unvollendet blieb und erst im 19. Jahrhundert zum höchsten Kirchturm der Welt wurde, mit Hilfe von Flößen aus den Allgäuer Alpen über die Iller in die Donaustadt transportiert. Mitte des 19. Jahrhunderts gab es noch Pläne, Ulm über einen Kanal mit dem Bodensee zu verbinden. Doch 1859 entschied sich Württemberg schließlich für eine Eisenbahnverbindung. Andere Pläne sahen sogar vor, Neckar und Donau über die Alb zu verbinden.

Tulla und die Rheinbegradigung

Flüsse tendieren dazu, durch Ablagerungen von Sedimenten im Meer und Deltabildung länger zu werden. Durch Eingriffe des Menschen, das heißt durch Begradigungen, sind manche Flüsse jedoch auch kürzer geworden. So ist der Oberrhein durch die Rheinbegradigung im 19. Jahrhundert um 81 Kilometer gestreckt worden. Dies ist hauptsächlich ein Verdienst des Karlsruhers Johann Gottfried Tulla (1770-1828), der 1817 Leiter des Wasser- und Straßenbaues von Baden wurde und im selben Jahr die Begradigung anging. Für das neue Flussbett legte er übrigens eine Breite von 240 m fest. Die Arbeiten endeten allerdings erst 50 Jahre nach seinem Tod. Hessen, Preußen und die Niederlande waren gegen die Begradigung, da sie vermehrtes Hochwasser fürchteten. Auch etliche Dörfer an Flussschleifen, die von der Fischerei lebten, waren dagegen. Stärker als erwartet fiel auch der Grundwasserspiegel in der Oberrheinischen Tiefebene, da sich der Rhein 10 m tief in sein neues Bett eingrub. Tulla selbst kostete ein anderes Wasserproblem das Leben. Er litt an einem Blasenleiden und wurde zum damals besten Spezialisten nach Paris überwiesen. Der entfernte nach einer neuen Methode Tullas Blasensteine, doch starb Tulla kurz nach der Operation. Auf dem Pariser Montmartre-Friedhof befindet sich sein Grab, das vom badischen Regenten für `ewige Zeiten´ angekauft wurde. Der Grabstein zeigt das pfälzische Altriper Eck, ein technisch schwieriger Begradigungsabschnitt.

Mannheim

Lange Zeit war Mannheim de facto südlicher Endpunkt der Großschifffahrt auf dem Rhein, da der Rhein stromaufwärts flach war und etliche Flussschleifen aufwies und erst durch Tulla begradigt wurde. Mannheim hatte zudem den Neckarstapel, ein Stapelrecht für diesen Fluss. Der Hafen war somit wichtiger Umschlagsplatz für Süddeutschland. Nach Rheinregulierung und Neckarausbau drohte der Hafen an Bedeutung zu verlieren und deshalb baute man ihn zum Industriehafen aus. Bis zum Ersten Weltkrieg entstand hier das größte deutsche Mühlenzentrum, ein Viertel des deutschen Getreidehandels wurde hier abgewickelt. Nach dem 1. Weltkrieg ging mit Elsass-Lothringen wichtiges Hinterland verloren und die Franzosen bauten Straßburg als Konkurrenzhafen aus. Auch die Rheinschifffahrtskommission musste Mannheim an Straßburg abgeben. Später erhielt der Hafen durch den Containerverkehr neue Bedeutung. Mannheim war 1968 der erste deutsche Binnenhafen mit einem Containerterminal und noch 1977 war der Containerumschlag in Mannheim höher als in den anderen deutschen Binnen- häfen zusammen.

Heilbronn

Die Reichsstadt Heilbronn hatte einst ein kaiserliches Neckarprivileg, das ihr erlaubte, den Neckar für Mühl- zwecke zu stauen und zu verbauen. Heilbronn wurde dadurch für Jahrhunderte zum oberen Endpunkt der Neckarschifffahrt, was die Entwicklung anderer Städte behinderte. Durch die zentrale Lage am Neckar hat Heil- bronn auch den Beinamen `Hauptstadt des Neckars´.
50% der 9 Millionen am Neckar pro Jahr umgeschlagenen Tonnen laufen noch heute über den Heilbronner Hafen. Im Jahr 2005 wurde sogar ein komplettes Flugzeug per Binnenschiff angeliefert. Die russische Tupolev 144 kam über den Hafen von Heilbronn zum Flugzeugmuseum Sinsheim.

Die Neckar-Kettenschleppschifffahrt

Heilbronn sah einst seine Position als wichtiger Neckar- umschlagsplatz durch die aufkommende Eisenbahn gefähr- det. Um die Leistungsfähigkeit des Wasserweges zu stärken, wurde die Kettenschifffahrt, nicht ohne Wider- stand der Neckaranrainer, eingeführt. Im Fluss war eine Stahlkette versenkt, an der sich ein Kettendampfer entlang ziehen und so einen ganzen Schleppzug bewegen konnte. Diese Kettenschiffe wurden auch *Neckaresel* genannt und sogar der damals durch Süddeutschland reisende Mark Twain, der auf dem Mississippi zu Binnenschiffserfahrung kam, schrieb über sie. Als in den 1930er Jahren der Fluss durch Staustufen reguliert wurde, bedeutete dies das Ende der Kettenschifffahrt auf dem Neckar.

Der Neckarschaum

Ende der 1950er Jahre trat auf dem Neckar, der durch Staustufen und Schleusen für die Schifffahrt ausgebaut worden war, ein unerwartetes Problem auf. Die Gewässer waren zunehmend mit Detergentien aus Wasch- und Reinigungsmitteln belastet und in den Schleusenkammern kam es infolge der Durchwirbelung mit Luft zu enormer Schaumbildung. Die Schleusenplattformen waren mitunter meterhoch mit Schaum bedeckt, was die Schifffahrt deutlich beeinträchtigte. Erst in den sechziger Jahren führte die Einführung abbaubarer weicher Detergentien zu einem Abklingen der Schaumbildung.

Pforzheim als Hafenstadt

In Pforzheim münden Nagold und Würm in die Enz, doch dieser Fluss ist heute trotzdem nicht schiffbar. Dass dies einmal anders war, zeigt der Name der Stadt, der sich vom lateinischen Portus (Hafen) ableitet. Die Römer nutzten die Enz ab Pforzheim für die Schifffahrt flussabwärts zum Mittelneckar.

Die Alb und die Pfinz

Am Rathaus der Stadt Ettlingen, das am Fluss Alb liegt, findet sich ein römischer Neptunstein, den man 1480 oberhalb der Stadt nach einem Hochwasser gefunden hatte. In Ettlingen gab es einst eine Römersiedlung und der Stein war laut Inschrift der Genossenschaft der Schiffer geschenkt worden. Als der Markgraf im Jahre 1715 die Residenz Karlsruhe gründete, wurde jedoch die Alb nicht für den Transport von Steinmaterial genutzt, da Ettlingen für ihn `im Ausland´ lag. So wurde schließlich, um Steinquader von Grötzingen nach Karlsruhe zu transportieren, ein Abschnitt der Pfinz schiffbar gemacht und 1767 der *Steinschiffkanal* nach Karlsruhe gebaut.

Die Römer und die Mosel

Trier galt einst als *Roma Secunda*, als zweites Rom und wichtigste römische Stadt nördlich der Alpen. Auf der Mosel wurden flussabwärts (von Metz) Salz und Tuche aus Trier transportiert. Zu Berg wurden zum Beispiel Granitsäulen aus dem Odenwald transportiert, der in kaiserlichen Bauten verwendet wurde. Die entwickelte Schifffahrt der Römer zeigt sich auch im Neumagener Weinschiff, dem Grab eines römischen Weinhändlers, das im Moselort Neumagen-Dhron in einem Kastell-Fundament gefunden wurde. Diese Weinschiffdarstellung zeigt 6 Ruderer, 2 Steuermänner und 4 Fässer Wein. Ein Nachbau kommt seit Herbst 2007 zum Einsatz. Dieser verfügt zusätzlich zur Vielzahl der Ruder über zwei Dieselmotoren mit jeweils 50 PS. Auf diesen Stilbruch angesprochen meinte der Vorsitzende des Fördervereins Neumagener Weinschiff e.V. laut Spiegel Online, „die sind allerdings auch antik, Fundstücke aus Spanien".

Das Deutsche Eck

Die Römer errichteten an der Mündung der Mosel in den Rhein ein Kastell und aus dem lateinischen Wort confluentes (Zusammenfluss) leitet sich der Name der Stadt Koblenz ab. Das Eck an dem die Mosel auf den Rhein trifft wird auch *Deutsches Eck* genannt. Doch dieses sah einst anders aus als heute, es befand sich am Deutschordenshaus. Als ein Standort für ein Denkmal für Kaiser Wilhelm I. gesucht wurde, entschied sich Wilhelm II. für Koblenz. Jedoch musste eine Landzunge aufgeschüttet werden, das heutige Deutsche Eck, um Raum für das riesige Reiterstandbild samt Vorplatz zu schaffen. Im 2. Weltkrieg wurde das Reiterstandbild beschädigt und schließlich abgebaut. Der Sockel blieb als Mahnmal leer. Ein Koblenzer Ehepaar stiftete nach der Wiederver-einigung Geld für eine Wiederherstellung des Standbildes. Ein Düsseldorfer Künstler wurde damit beauftragt und im Mai 1992 brachte ein Binnenschiff das nicht unumstrittene Standbild in den Koblenzer Hafen, wo es montiert wurde. Im Herbst 1993 wurde es wieder auf den Sockel gehoben.

Namedy und die Großflöße

Nach dem Dreißigjährigen Krieg und der Abspaltung der Niederlande vom Reich wurden diese immer mehr zu einer Seemacht. Damit einher ging ein steigender Holzbedarf für den Schiffbau. Vor allem Eichenholz, aber auch Tannen-holz wurden benötigt. Das Holz wurde aus dem Einzugsbereich des Rheins, vor allem aus dem Franken-wald, dem Fichtelgebirge, dem Schwarzwald und den Vogesen bezogen und in Dordrecht umgeschlagen. Dies verhalf der Flößerei auf dem Rhein im 17. und 18. Jahrhundert zu einem großen Aufschwung. Die Flößerei war zeitweise wichtiger als die übrige Schifffahrt. In Namedy, heute ein Ortsteil von Andernach, lag einer der bedeutendsten Floßeinbindeplätze am Rhein. Hier wurden kleinere Flöße zu großen zusammengebunden. Diese riesigen Flöße hatten dorfartige Hüttenaufbauten und bis zu 500 Mann Besatzung.

Der Koblenzer Gymnasiallehrer Joseph Gregor Lang schrieb 1789 (nach `Flößerei auf dem Rhein´, S.7): „*Unter allen großen und kühnen Unternehmungen,.., kenne ich keine die bedeutender und bewunderungswürdiger ist als der Bau und die Behandlung einer solch ungeheuren, daher sich bewegenden Maschine, deren man sich auf dem Rhein vorzüglich vor allen anderen Flüssen in Europa und vielleicht der ganzen Welt zum Holzhandel bedient. Sie sind die Riesen unter den Fahrzeugen*".

Der Statistiker Heinrich Meidinger führte 1840 folgende Mengen von Nahrungsmitteln auf, die für eine Reise eines Floßes von Andernach ins holländische Dordrecht benötigt wurden (`Flößerei auf dem Rhein, S. 9´):

`40 000 Pfund Brot, 12 000 bis 20 000 Pfund Fleisch, 800 bis 1000 Pfund gesalzenes Fleisch, 6000 bis 8000 Pfund trockenes Gemüse, 10 000 bis 15 000 Pfund Käse, 1000 bis 1500 Pfund Butter, 80 000 bis 96 000 Liter Bier´.* Bis zu 500 Mann Besatzung können eben einiges verdrücken.

Das Binger Loch

Das Binger Loch war einst die schwierigste Engstelle für die Schifffahrt im oberen Mittelrheintal. Hier fand sich ein quer zum Fluss verlaufendes Quarzitriff. Lastschiffe konnten deshalb im Mittelalter des Binger Riff nicht passieren und mussten deshalb entladen werden. Schon Karl der Große hatte vergeblich versucht, das Riff zu durchbrechen. Als im 14. Jahrhundert jedoch das Schießpulver erfunden wurde, ließen die Mainzer Kurfürsten das Riff neun Meter breit aufsprengen, das Binger Loch war entstanden. Für die Schiffe, die passieren konnten, wurde prompt Zoll erhoben. Wegen der aufkommenden Flößerei wurde das Loch im 17. Jahrhundert noch mal verbreitert. Und schließlich brachten Sprengungen im Zeitraum 1830-41 entscheidende Verbesserungen. Doch die Vertiefung der Sohle und das schnellere Abfließen des Rheinwassers hatten auch unerwünschte Folgen. Wasserburgen im Rheingau verlandeten und in Mainz sank der Grundwasserspiegel ab. Die etwa 20 000 Eichenpfähle, auf denen der Dom ruht, fingen an zu faulen und mussten durch steinerne Fundamente ersetzt werden, um einen Einsturz des Domes zu verhindern.

Die Mainzer Häfen

Die Bischofsstadt Mainz selbst ist seit dem Mittelalter eine wichtige Hafenstadt. Im Jahr 1317 wurde ihr das Markt- und Stapelrecht verliehen. Güter mussten hier ausgeladen und mehrere Tage zum Verkauf angeboten werden, bevor sie weitertransportiert werden durften. Heute liegt Mainz mit 2.8 Millionen Tonnen (2005) im Mittelfeld der Binnenhäfen. Mainz hat jedoch für dieses Aufkommen eher zu viele Häfen. Der Winterhafen am südlichen Rand der Innenstadt, wo einst Güterschiffe Schutz vor dem Eis suchten, wird schon lange nicht mehr von Binnenschiffen angefahren, doch der Standort entwickelt sich nur langsam als Wohn- und Bürostandort. Der Zoll- und Binnenhafen am Nordrand der Innenstadt kann dagegen als städtebauliches Filetstück gelten. Doch hier werden noch Container gestapelt, denn Mainz ist mit 130 000 TEU fünftwichtigster Containerbinnenhafen Deutschlands. Ein Umzug des Hafens an die Ingelheimer Aue weiter im Norden ist jedoch geplant, der Zollhafen wird in wenigen Jahren zu einem neuen Stadtviertel mit Wohn- und Kulturfunktionen umgebaut werden.

☞ Flüsse hatten aufgrund des nicht sehr entwickelten Landverkehrs einst eher eine Verbindungs- als Trennungswirkung. So breiteten sich größere Städte auf beiden Seiten von Flüssen aus. Zu Mainz gehörten einst die rechtsrheinischen Vororte Amöneburg, Kastel und Kostheim. Doch weil sich Flüsse auch gut als administrative Grenzlinien eignen, kamen diese Orte nach dem 2. Weltkrieg zu Hessen und damit zu Wiesbaden. Doch die Innenstadt von Wiesbaden liegt von diesen Ortsteilen viel weiter weg als das Zentrum von Mainz, und so fühlen sich die `AKK´-Orte noch heute der Karnevalsstadt zugehörig.

Bayern am Rhein

Die Schlussakte des Wiener Kongresses von 1815 forderte die Schiffsfreiheit internationaler Gewässer und die Einrichtung einer Kommission für den Rhein. 1831 vereinbarte man eine Mainzer Akte der freien Rheinschifffahrt. Diese wurde 1868 durch die noch heute gültige Mannheimer Akte ersetzt, die von den damaligen Rheinanliegerstaaten unterzeichnet wurde, darunter den deutschen Staaten Baden, Hessen und Preußen, aber auch Bayern, denn die Pfalz war damals noch bayerisch. Der heute mit über 7 Millionen Tonnen Umschlag pro Jahr wichtigste Hafen von Rheinland-Pfalz, Ludwigshafen, ist nach dem bayerischen König Ludwig I. benannt. Das BASF-Werk, das für Umschlag sorgt, hat eigentlich den falschen Namen, denn BASF steht für *Badische Anilin- und Sodafabrik*. Diese wurde denn auch am 6. April 1865 im badischen Mannheim gegründet (für Lokalpatrioten übrigens eher Kurpfalz als Baden), zog aber bereits eine Woche später auf die andere Rheinseite. Der bayerische König hatte den Umzug mit 1.5 Millionen Gulden belohnt.

Der Speyerbach

Der 60 Kilometer lange Speyerbach ist ein Beispiel für einen kleinen Fluss, der schon seit langer Zeit vom Menschen in seinem Lauf verändert wurde. Ursprünglich mündete der Fluss wohl weiter nördlich in den Rhein, doch heute folgt er dem Speyerbachkanal, der angelegt wurde, um Speyer mit Holz zu versorgen und seit 1030 von der Haardt Steine für den Dombau in die Stadt zu befördern. Der Speyerbach war so wichtig, dass er bereits auf der 1235 entstandenen Erbstorfer Weltkarte eingetragen war. Auch der Oberlauf des Flusses zeigt zahlreiche Eingriffe des Menschen. Er wurde nicht nur mit Mühlen versehen, sondern es wurden auch für die Trift von Holz zahlreiche Teiche (Woogen) angelegt.

Die Saarschleife

An der Saarschleife bei Mettlach gibt es eine Nikolaus-Statue. Nikolaus, der Patron der Schiffer und Flößer, soll die Saarschiffer beschützen, wenn es durch den *Welles* ging. „*Mach dass ich hier gut durchkomm. Dann kriegst du ein Kreuz so dick wie mein Arm*", gelobten die Schiffer. Vor der Kanalisierung war der Fluss in der Kehre nur in einer schmalen Fahrrinne passierbar. Verfehlte man diese, zog die reißende Strömung die Schiffe an die Felsriffe. Die Flussregulierung beseitigte die Engstelle schließlich.

Das Stauwehr

Ende des 19. Jahrhunderts - Elsass-Lothringen gehörte zum Deutschen Reich und die lothringische Stahlindustrie brauchte Kohle aus dem Saarland - gehörte der Saarkanal, der Saarbrücken mit dem Rhein-Marne-Kanal verband, zu den verkehrsreichsten Binnengewässern Deutschlands. Später wurde der Kanal sogar Saar-Kohlen-Kanal genannt. Zwischen Merzig und der Saarmündung in die Mosel fand jedoch kaum mehr Schifffahrt statt. Die Saar war einer der wenigen Flüsse der Welt, der im Unterlauf weniger genutzt wurde als im Oberlauf. Nach dem 1. Weltkrieg kam Elsass-Lothringen wieder zu Frankreich und im Versailler Vertrag erzwang Frankreich sogar, dass das von den Franzosen erbaute Stauwehr von Merzig keine Schleuse bekommen dürfte. Damit war die Saarschifffahrt von Rhein und Mosel abgeschnitten. In den 60er Jahren gab es sogar Pläne, das Saarland über einen Kanal nach Osten zum Rhein an die Wasserstraßen der Bundes-republik anzuschließen. Doch nach einer Kosten-Nutzen-Untersuchung fiel die Entscheidung für einen Ausbau der Saar.

3.5 Hessen

Bad Karlshafen und der Landgraf-Carl-Kanal

Im äußersten Norden Hessens liegt an der Mündung der Diemel in die Weser und am Dreiländereck mit Niedersachsen und Nordrhein-Westfalen die Stadt Bad Karlshafen. Diese wurde 1699 als „Sieburg" von Landgraf Karl von Hessen-Kassel gegründet (1717 wurde sie in Carlshaven umbenannt), in Zusammenhang mit ehrgeizigen Plänen, eine Wasserstraße von der Weser über die Lahn an den Rhein zu schaffen. Zunächst sollte die Stadt über die mit kleinen Booten befahrbare Diemel und einen zu bauenden Kanal mit der Residenzstadt Kassel verbunden werden. Dabei gab es schon eine schiffbare Verbindung nach Kassel über Weser und Fulda. Doch dieser Wasserweg führte über die zum Herzogtum Braunschweig (später zum Königreich Hannover) gehörende Stadt Münden, die das Stapelrecht besaß und Zoll erhob.

In Karlshafen wurde ein Hafenbecken mit Packhaus angelegt, in der Stadt siedelten sich aus Frankreich vertriebene Hugenotten und andere Religionsflüchtlinge an. Die barocke Stadtanlage ist noch heute erhalten. Doch vom Landgraf-Carl-Kanal, von dem nur wenige Kilometer verwirklicht wurden und der vom Hafenbecken ausging, sind nur noch wenig Spuren erhalten.

Der Endpunkt

Heute ist die Werra nicht mehr schiffbar. Doch auch vor 100 Jahren endete die Schifffahrt auf der Werra bereits im hessischen Wanfried, weiter flussaufwärts gab es nur Floßverkehr. Als Endpunkt des Werrahandels gelangte Wanfried so zu Wohlstand, wovon noch heute die mittelalterlichen Fachwerkhäuser des Flusshafens zeugen. Um die Werra gab es allerdings auch riesige Kaliabbaustätten, sowohl auf der hessischen als auch auf der thüringischen

Seite, was dazu führte, dass die Werra salzhaltiger war als die Nordsee und im Winter nie mehr vereiste. Mit der Einstellung der ostdeutschen Kalierzeugung ist die Salzbelastung allerdings im letzten Jahrzehnt wieder zurückgegangen, die Fischpopulation erholt sich wieder.

Die Lahn

Die Lahn war einst bis Gießen schiffbar, doch die Konkurrenz der Eisenbahn setzte dem Güterverkehr auf dem Fluss stark zu. Außerdem ging der Erztransport zurück. In den 1980er Jahren wurde schließlich der Güterverkehr auf der Lahn eingestellt und heute dient sie nur noch dem Freizeitverkehr, im Unterlauf auch dem Personenschiffsverkehr. Ein besonderes Personenschiff ist dabei die in Nassau (Rheinland-Pfalz) beheimatete *Lahnarche* - Deutschlands einziger schwimmender Biergarten.

Die Frankfurter Häfen

In Frankfurt gibt es zahlreiche Häfen, darunter Osthafen und Westhafen. Doch trotz der Eröffnung des Rhein-Main-Donaukanals ging der Verkehr in allen Häfen zurück. Der Westhafen ist mittlerweile Wohngebiet, das nahe Offenbach hat seinen Hafen ebenfalls stillgelegt.
☞ In Frankfurt werden die südlich des Main gelegenen Stadtgebiete Dribbdebach (drüben vom Bach), die nördlich des Mains gelegene Gebiete Hibbdebach genannt.

Die Mainkuh

Auf dem Main wurde von 1896 bis 1936 Kettenschifffahrt betrieben. Ein Dampfschiff, mit anderen Kähnen im Schlepp, zog sich dabei an einer im Fluss verlegten Kette stromaufwärts. Der Anfang der Kette lag in Mainz, und die Gesamtlänge bis Bamberg betrug 380 km. Von den Mainanwohnern wurden die Schiffe *Määkuh* (Mainkuh) genannt, ein letztes Exemplar kann im Floßhafen von Aschaffenburg besichtigt werden.

Der Weilburger Schiffstunnel

Im hessischen Städtchen Weilburg gibt es einen Schiffstunnel - den heute einzigen in Deutschland. Er wurde 1844-1847 erbaut, als Weilburg zu Nassau gehörte. Die Eisenbahn war noch kaum ausgebaut und man benötigte Transportwege für die dort geförderten Erze. Bei Weilburg macht die Lahn einen Bogen und hier gab es zwei Wehre, die ein schifffahrtstechnisches Hindernis darstellten. So beschloss man schließlich, zur Überwindung der Wehre einen Bergrücken zu durchstoßen. Doch zehn Jahre später wurde mit dem Bau der Lahntalbahn begonnen und die Bedeutung des nur von kleinen Schiffen befahrbaren Tunnels nahm rapide ab. Heute dient er nur noch dem Freizeitverkehr.

Der Freistaat Flaschenhals

Nach dem 1. Weltkrieg wurde die linksrheinischen Gebiete des Rheinlands von den Alliierten besetzt. Doch auch rechtsrheinisch gab es Brückenköpfe. So zogen die Amerikaner einen 30-km Halbkreis um Koblenz, die Franzosen um Mainz und besetzten entsprechende rechtsrheinische Gebiete. Diese Kreise berührten sich im Taunus, doch aufgrund fehlender Überlappung blieb ein flaschenhalsförmiges Stück am Rhein übrig, das keine Verbindung zum unbesetzten Deutschland hatte. So war 1919 um Lorch und Kaub der `Freistaat Flaschenhals´ entstanden, der bestand bis die Franzosen im Februar 1923 diesen besetzten. Der Freistaat hatte sogar ein eigenes Notgeld. Da kein Zug im Flaschenhals halten durfte, war die Versorgung des Gebietes schwierig und der Schmuggel blühte auf, auch rheinseitig. Heute weisen Schilder am Rheinufer auf den ehemaligen Freistaat hin.

3.6 Nordrhein-Westfalen

Köln und das Stapelrecht

Köln war im Mittelalter mit etwa 40 000 Einwohnern die größte Stadt Deutschlands (erst im 16. Jahrhundert kam Nürnberg an diese Zahl heran) und der wichtigste Rheinhafen. Aufgrund der Strömungsverhältnisse befuhren den Niederrhein segelbestückte `Niederländerschiffe´, während südlich von Köln auf dem Mittelrhein `Oberländer´ mit trapezförmigem Rumpf, hohem Heck und großem Ruder unterwegs waren. Zwischen diesen Schiffen wurde in Köln umgeladen, umso mehr als Köln im Jahr 1259 das Stapelrecht verliehen wurde. Schiffe, die Köln passierten, mussten die Güter in Köln ausladen und drei Tage zum Verkauf anbieten, bevor sie weiterfahren durften. Dadurch und durch die Zugehörigkeit zur Hanse, zu deren wichtigsten Mitgliedern die Domstadt gehörte, wurde Köln zu einem wichtigen Handelsplatz. Wichtige Güter wurden nach der Stadt bezeichnet, obwohl sie dort nur umgeschlagen wurden, zum Beispiel Kölner Salz oder Kölner Wein. Da das Wasser in den Städten aufgrund fehlender Kanalisation keine Trinkwasserqualität hatte, wurde vom Mittelalter bis in die frühe Neuzeit zum Essen Wein und Bier getrunken. Wein war deshalb ein wichtiges Handelsgut und Köln kontrollierte wegen des Stapelzwangs auch den Weinhandel in die Niederlande. Köln war dadurch zeitweise, nach Bordeaux, die wichtigste Weinhandelsstadt in Europa. Der Stapelzwang wurde als Folge des Wiener Kongresses, der eine Handelsliberalisierung mit sich brachte, im Jahre 1831 abgeschafft. Am Ende des 19. Jahrhunderts konnte nun Traben-Trarbach an der Mosel den Titel `zweitwichtigste Weinhandelsstadt nach Bordeaux´ für sich beanspruchen.

Die Zündorfer Lösung

Das Kölner Stapelrecht war vielen Schiffern ein Dorn im Auge und so suchten einzelne nach Möglichkeiten, dieses zu umgehen. Manche Schiffer luden deshalb die Schiffe in Zündorf am rechten Rheinufer kurz vor Köln aus, um sie auf dem Landweg in den rechtsrheinischen Hafen Mülheim zu bringen, der wiederum etwas nördlich von Köln lag, von dort konnten sie wieder rheinabwärts verschifft werden. Zündorf kam dadurch und durch die Ansiedlung von protestantischen und jüdischen Kaufleuten zu Wohlstand. Denn rechtsrheinisch, in der Grafschaft Berg, herrschte Religionsfreiheit, während im katholischen Köln Protestanten noch vor 200 Jahren keine vollen Bürgerrechte besaßen. Heute gehören sowohl Zündorf (als Ortsteil von Porz) als auch Mülheim zu Köln.

☞ Die Eigenständigkeit Zündorfs zeigt sich heute kurioserweise in einer eigenen Telefon-Vorwahl.

Die Steine des Doms

Die Steine für den Bau des Kölner Doms, der auf einem Hügel am Rhein liegt, wurden einst per Schiff zur Dombaustelle gebracht, zunächst vor allem aus einem Steinbruch im Siebengebirge unweit des Rheins. Lange blieb der Dom jedoch unvollendet. Erst im 19. Jahrhundert bekam er seine Spitzen. Das Rheinland war zu Preußen gekommen und Preußen wollte zeigen, dass es sich für rheinländische Belange einsetzte. Viele Pilger waren seit dem Mittelalter auf Straßen und Wasserwegen zum Dom unterwegs, denn der enthielt wichtige Reliquien, zum Beispiel die Gebeine der Heiligen Drei Könige, weshalb Köln auch Dreikönigsstadt genannt wird. Den Dom und Köln kann man, den Rhein querend, auch von oben betrachten, denn überraschenderweise gibt es eine Seilbahn über den Rhein.

Die Fossa Eugeniana

Die Fossa Eugeniana, benannt nach der damaligen spanischen Regentin von Brüssel und Tochter Philipps II von Spanien, Isabella Clara Eugeniana, ist ein nie fertig gestellter Kanal, der einst den Rhein mit der Maas verbinden sollte. Mit dem Bau wurde 1626 begonnen und der Kanal sollte den Niederländern und ihren Häfen das Wasser abgraben, denn diese begannen, die spanische Herrschaft abzuschütteln. Er war deshalb auch als Verteidigungswall der Spanier gegen die Niederländer konzipiert und deshalb wurden in regelmäßigen Abständen Schanzen errichtet. Die Kaperung der spanischen Silberflotte führte im Jahre 1628 zu Finanzproblemen. 1629 wurden die Arbeiten vorläufig eingestellt und nie wieder aufgenommen. Teile des Verlaufs der Fossa Eugeniana sind noch heute erkennbar, ein 60 km langer Rad- und Wanderweg führt seit Ende der 1990er Jahre an ihr entlang.

Das Auf und Ab der Ruhr

Die Ruhr hat ein Auf und Ab der Schifffahrt erlebt wie kaum ein anderer Fluss in Mitteleuropa. Lange war sie von der Mündung nur wenige Kilometer bis Mülheim schiffbar. Doch um die an der Ruhr abgebaute Kohle transportieren zu können, wurden bis 1780 zwischen Mülheim und Herdecke schließlich 17 Schleusen errichtet. Trotzdem war die Wassertiefe auf den nicht geregelten Strecken im Sommer meist zu gering. Die Ruhr war somit kein zuverlässiger Verkehrsträger. Als um 1840 die Eisenbahn aufkam, dauerte es deshalb nur wenige Jahrzehnte, bis die Ruhr ihr Transportaufkommen wieder verlor. Ein Grund war schließlich, dass mit Erschöpfung der Flöze der Kohlebergbau weiter nach Norden wanderte und damit weg von der Ruhr (die Flöze stehen schräg an, deshalb muss immer tiefer gegraben werden). Schließlich wurde der 20 Kilometer nördlich verlaufende Rhein-Herne-Kanal nach dem 1. Weltkrieg zum Kohlekanal. Von Willy Brandt ist der Wahlkampfspruch der frühen sechziger Jahre überliefert *„der Himmel über der Ruhr muss wieder blau werden"*. Nachdem der Fluss zeitweise Inbegriff für industrielle Verschmutzung war, wurde die Ruhr später teilweise renaturiert, teils für wasserwirtschaftliche Zwecke ausgebaut und dient heute auch dem Freizeitbootverkehr. Auf dem Ruhrstausee fahren zudem Personenboote.

Die Kumpelriviera

Der Rhein-Herne-Kanal, der im Laufe der Zeit die Ruhr als Wasserstraße des Ruhrgebietes ablöste, hat mehrere Beinamen. So wird er auch *B1 des Ruhrgebietes* (die B1 war eine viel befahrene Ost-West-Achse), *Kohlekanal*, sein Ufer auch *Kumpelriviera* genannt. Allerdings wandert der Bergbau mittlerweile weiter nach Norden und damit auch aus dem Rhein-Herne-Korridor ab.

Duisburg und Ruhrort

Konkurrenz belebt das Geschäft- das galt lange für die Häfen von Duisburg und Ruhrort. Duisburg war bereits im Mittelalter eine wichtige Handelsstadt, lag günstig am Rhein und am Ausgangspunkt des Hellweges nach Osten und war Mitglied der Hanse. Um 1200 verlagerte jedoch der Rhein sein Bett und Duisburg war nur noch durch einen Altrheinarm mit dem Hauptstrom verbunden. Dieser verlandete allmählich, was Duisburg zunehmend von den Warenströmen abschnitt. Ruhrort wurde im Jahre 1371 als Zollstation gegründet, an der Mündung der Ruhr in den Rhein. Trotzdem hatte Ruhrort lange keinen richtigen Hafen und blieb ein kleiner Ort. Doch das sollte sich durch die Schiffbarmachung der Ruhr ab 1780 ändern. Nun konnte Kohle über die Ruhr verschifft werden, Ruhrort wurde zum Kohleumschlagplatz und die Hafenanlagen wurden stark ausgebaut. Auch die Bevölkerungszahl wuchs rasch und um 1900 gab es bereits über 100 Schankwirtschaften in Ruhrort. Doch das ins Hintertreffen geratene Duisburg blieb nicht untätig. Mit dem Rhein- und Ruhrkanal wurde Anschluss an die Wasserstraßen geschaffen und 1848 folgte der Anschluss an die Eisenbahn. Der Duisburger Hafen wurde zudem zu einem Zentrum des Getreidehandels, zum `Brotkorb des Ruhrgebietes´. Ruhrort wiederum erweiterte seine Häfen 1903, und deshalb plante auch Duisburg ein großes Bauvorhaben, den Rheinauhafen. Doch schließlich griff die Staatsregierung ein, um den ruinösen Wettbewerb der beiden Häfen zu beenden. Eine gemeinsame Hafenverwaltung wurden eingerichtet und konsequenterweise wurden auch die beiden Städte vereinigt. Die Duisburger Hafenausbaupläne wurden eingestellt und später sollte nur noch der Ruhrorter Hafen wachsen.

Der größte Binnenhafen

Duisburg schmückt sich mit dem Titel `größter Binnenhafen Europas´ manchmal auch `- der Welt´, was heute wohl nicht mehr richtig ist. Denn bei den Häfen wird die Größe meist nach der Zahl der umgeschlagenen Tonnen gemessen, seltener nach der Fläche oder der Zahl der Hafenbecken. Und beim wasserseitigen Umschlag hat mittlerweile das chinesische Nanjing mit über 60 Millionen Tonnen Duisburg (2005: 49 Millionen Tonnen) überholt. In Rotterdam wiederum, dem größten Seehafen Europas, werden im Binnenschiffsverkehr und im See-Flussverkehr jährlich über 100 Millionen Tonnen umgeschlagen. Doch man kann argumentieren, dies sei ja ein Seehafen und so macht bisher niemand Duisburg den Titel, größter Binnenhafen Europas zu sein, streitig.

Dortmund - die Hafeneinweihung

Am 12. August 1899 kam Kaiser Wilhelm II. persönlich zur Einweihung des Hafens nach Dortmund. Ein kaiserliches Zelt war errichtet worden und auf der gegenüberliegenden städtischen Seite des Kanals hatte der Bauunternehmer Stoltefuß eine Tribüne, die 5000 Menschen fasste, errichten lassen. Gegen Eintritt von 5 Mark pro Kopf konnte man dort Platz nehmen. Die sparsamen Dortmunder schauten jedoch lieber kostengünstig durch den Zaun und so fanden sich eine Viertelstunde vor Ankunft des Kaisers ganze 15 Dortmunder auf der Tribüne. Der Oberbürgermeister bekam einen furchtbaren Schreck, denn die gähnende Leere der riesigen Tribüne würde auf den Kaiser einen verheerenden Eindruck machen. So befahl er der Polizei, das Volk umsonst auf die Tribüne zu lassen. Im letzten Augenblick gelang es so, diese noch einigermaßen zu füllen. Der Unternehmer Stoltenfuß blieb allerdings so auf seinen Baukosten von 17 000 Mark sitzen.

Dortmund - der größte Kanalhafen

Der Dortmunder Hafen rühmt sich mit seinen 10 Hafenbecken, der größte Kanalhafen Europas zu sein. Nach Umschlag sind jedoch heute andere Kanalhäfen größer. Denn der Verkehr des Dortmunder Hafens ging seit den 1970er Jahren von 6 Millionen Tonnen auf weniger als die Hälfte zurück, da in der Stadt Kohlezechen und Stahlwerke stillgelegt wurden. Das letzte Stahlwerk, die Westfalenhütte, machte im Jahre 2001 dicht. Es verhalf damit jedoch dem Dortmunder Binnenhafen zu einer ganz besonderen Fracht. Im Jahre 2002 waren nämlich fast 1000 Chinesen damit beschäftigt, das letzte Dortmunder Stahlwerk zu zerlegen, um es in China wieder aufzubauen. Täglich wurde im Dortmunder Hafen ein Binnenschiff beladen, um Teile der Anlage zur Verschiffung über See nach Rotterdam zu bringen. Nach Abbau des Stahlwerkes wurde schließlich auch die Kokerei auf ähnliche Weise nach China entsorgt (Ausfuhrhafen in diesem Fall war jedoch Antwerpen). Nachdem der Dortmunder Hafen Stahl und Kohle verloren hat, wird aufgrund des steigenden Containerverkehrs und der Eröffnung des Ikea-Europalagers in Hafennähe in Zukunft jedoch wieder mit wachsenden Umschlagszahlen gerechnet.

Hamm und der Hindutempel

Der Kanalendhafen des Datteln-Hamm-Kanals in Hamm-Uentrop rühmt sich, der zweitgrößte Kanalhafen Deutschlands zu sein, was nicht gesichert ist, aber immerhin übertrifft er Dortmund tonnenmäßig. Hamm kann jedoch mit einem seltsamen Rekord aufwarten: unweit des Kanals befindet sich der größte Hindutempel Deutschlands. Und das kam so: In den achtziger Jahren war der als Bürgerkriegsflüchtling aus Sri Lanka nach Deutschland gekommene Hindu-Priester Sri Paskaran mit dem Zug von Berlin nach Paris unterwegs. Da er nach mehrstündiger Fahrt Hunger verspürte, stieg Paskaran in Hamm aus, um etwas zu essen. Die Fahrtunterbrechung deutete er als Zeichen der Götter, in dieser Stadt einen Hindutempel zu eröffnen. Auch sonst passte einiges. Der Bahnhof ist in den Tempelfarben rot-weiß gestrichen, rot-weiß ist auch das Muster im Stadtwappen, und Wahrzeichen Hamms ist ein gläserner Elefant. Im Juli 2002 wurde so in einem Gewerbegebiet an der Autobahn in Hamm-Uentrop der größte Hindutempel des europäischen Festlandes eröffnet. Ein Standortfaktor war der Datteln-Hamm-Kanal, der von den Hindus für rituelle Waschungen genutzt wird.

Datteln - der seltsame Rekord

Auch die unscheinbare Stadt Datteln am Nordrand des Ruhrgebietes (gibt man ihren Namen in Wikipedia ein, wird man gefragt, ob man die Stadt oder die Frucht meint) kann mit einem Binnenschifffahrtsrekord auftrumpfen. Auf Gemeindegebiet befindet sich nämlich das größte Kanalkreuz der Welt. Während in Minden und Magdeburg („Blaues Kreuz") der Mittellandkanal einen Fluss kreuzt, sind es hier zwei Kanalachsen, die sich kreuzen und immerhin vier Kanäle, die auf die Stadt zulaufen: der Dortmund-Ems-Kanal, der Wesel-Datteln-Kanal, der Rhein-Herne-Kanal und der Datteln-Hamm-Kanal (zudem fließt die Lippe an Datteln vorbei). Um auf diese Besonderheit aufmerksam zu machen, hat die Stadt ihr Logo kürzlich abgeändert. Es zeigt nun ein Männchen mit 4 Wasserstraßengliedmaßen. Jährlich im August findet in der Stadt zudem ein Kanalfest statt.

Dorsten - die Schiffbauerstadt

Unweit von Datteln, am Wesel-Datteln-Kanal und an der Lippe, liegt Dorsten. Diese Stadt kann mit keinem Schifffahrtsrekord auftrumpfen, hatte jedoch einst für die Rheinschifffahrt große Bedeutung. Denn einst war Dorsten, die Lippe führte damals mehr Wasser als heute, eine wichtige Schiffbauerstadt. Hier wurde die *Dorstener Aak* gebaut, ein schlankes flachbodiges Frachtschiff, das den ganzen Rhein befahren konnte.

Minden und das Wasserstraßenkreuz

Obwohl Minden bereits im Jahr 1552 das Stapelrecht für Holz und Getreide bekommen hatte, entwickelte sich nie ein bedeutender Binnenhafen. Seit 1914 im Zuge des Mittellandkanalbaus in Minden eine Kanalbrücke über die Weser gebaut wurde, die mehrere Auf- und Abstiegsschleusen auswies, konnte sich Minden jedoch immerhin rühmen, über das größte Wasserstraßenkreuz Europas bzw. der Welt zu verfügen. Doch dieser Rekord ging Minden mit der Eröffnung des noch größeren Wasserstraßenkreuzes bei Magdeburg 2003 verloren. Seither haben findige Mindener jedoch einen verbleibenden Rekord ausgemacht. Minden wird nun als `größtes Doppelwasserstraßenkreuz der Welt´ bezeichnet, was immer das auch heißen mag. Seit die alte Kanalbrücke renoviert werden musste, führt parallel dazu heute immerhin eine neue Brücke über die Weser. Sobald die unter Denkmalschutz stehende alte Kanalbrücke restauriert ist, wird Minden also zwei parallele Kanalbrücken haben. Vielleicht kann sich Minden zudem bald rühmen, der am schnellsten wachsende Binnencontainerhafen Europas zu sein. Denn obwohl die Umschlagszahlen noch gering (2005: 16 000 TEU) sind, wächst der Containerumschlag in Minden durch die Nähe zu den norddeutschen Seehäfen in den letzten Jahren sehr schnell. Im Jahre 2005 hatte er sich im Vergleich zum Vorjahr verdreifacht.

Die Mindener Schiffsmühle

Minden kann neben dem Wasserstraßenkreuz mit einer weiteren Sehenswürdigkeit an der Weser aufwarten- einer alten Schiffsmühle. Bereits 1326 wurde eine Schiffsmühle in Minden urkundlich erwähnt. Im Mittelalter gab es an der Weserbrücke 12 Schiffsmühlen in zwei Reihen zu jeweils 6 Mühlen. Anlässlich der 1200-Jahr-Feier der Stadt wurde im Jahr 1998 eine Schiffsmühle rekonstruiert. Sie ist heute Deutschlands einzige mahlfähige Schiffsmühle, die sich am technischen Standard des 18. Jahrhunderts orientiert. In der Mühle wird in traditioneller Weise das Korn zu Mehl gemahlen. Die meisten Schiffsmühlen hatte übrigens lange Magdeburg, wo früher bis zu 23 Mühlen lagen (an der Elbe gab es bis 1911 Schiffsmühlen).

Münster und die Ruhrblockade

Das westfälische Münster liegt an keinem schiffbaren Fluss, bekam jedoch 1899 im Zuge des Dortmund-Ems-Kanals, der an der Stadt vorbeiführt, einen eigenen Hafen. Da Münster gut an die Eisenbahn angebunden war und wenig Industrie hatte, blieben die Umschlagszahlen des Hafens jedoch mäßig. Im Jahr 1923 kam es jedoch zu einer erheblichen Steigerung auf 350 000 Tonnen. Mit der Ruhrbesetzung durch die Franzosen war es dort zu einem Hafenarbeiterstreik gekommen. Güter, die von Norden über den Kanal kamen, mussten in Münster umgeladen werden, um per Bahn ins Ruhrgebiet gebracht zu werden. Im 2. Weltkrieg wurde der Hafen so schwer zerstört, dass das Statistikamt ihn 1945 als `völlig unbrauchbar´ einstufte. Doch seine Bedeutung wuchs wieder, denn Baumaterialien mussten herbeigeschafft werden, um das völlig zerstörte Münster wieder aufzubauen. Heute wird Münsters Hafen unter dem Stichwort `Kreativkai´ immer mehr für kulturelle Zwecke genutzt.

Düsseldorf - der Medienhafen

Obwohl die Umschlagszahlen in den Binnenhäfen eher steigen, werden etliche Hafenteile für den Schiffsverkehr stillgelegt und anderen Nutzungen zugeführt. Durch neue Techniken, die Konzentration auf Massengüter und die Containerisierung ist die Umschlagsgeschwindigkeit gegenüber früher gestiegen. So können auf kleineren Flächen mehr Güter umgeschlagen werden. Vor allem innenstadtnahe Teilhäfen gelten mit ihrem interessanten Ambiente als städtebauliche Filetstücke, die von der Stadtplanung, vor allem in größeren Städten, neuen Wohn-, Kultur und Büronutzungen zugeführt werden. Ein Beispiel dafür ist der *Medienhafen* in Düsseldorf, der sich seit den neunziger Jahren entwickelt hat.

3.7 Niedersachsen und Bremen

Der Dortmund-Ems-Kanal

An beiden Enden von Niedersachsen gibt es Nord-Süd-Kanäle und beide Kanäle wurden auch deshalb gebaut, Wasserstraßen in benachbarten Staaten zu umgehen. Der 1899 eröffnete Dortmund-Ems-Kanal, ganz im Westen Niedersachsens, verbindet zusammen mit der Ems das Ruhrgebiet mit dem Hafen von Emden. Um 1600 war Emden noch einer der wichtigsten Häfen Nordeuropas und mit 15 000 Einwohnern (Hamburg hatte damals 40 000) eine der größten Städte, fiel dann aber in seiner Bedeutung zurück. Durch die neue Wasserstraße gab es wieder einen Zuwachs und Emden bekam den Beinamen `*Nordseehafen des Ruhrgebietes*´. Doch die Erz- und Stahltransporte verlagerten sich später nach Rotterdam und der Umschlag nahm ab, bis Autoex- und -importe dem Hafen neues Leben einhauchten.

Die maritime Ems

Bereits weit im Binnenland findet man an der Ems Funktionen, die man eigentlich nur an der Küste erwarten würde. So befindet sich in Papenburg mit der Meyer-Werft eine der größten Werften Europas. Die Werft baut unter anderem luxuriöse Kreuzfahrtschiffe und verfügt über das größte überdachte Trockendock der Welt. Da viele Passagierschiffe über ein Theater verfügen, ist die Werft auch der größte Theaterbauer Europas. Die Ems muss bis Papenburg immer wieder ausgebaggert werden, damit die riesigen Schiffe der Meyer-Werft überhaupt noch ans Meer kommen.

Noch weiter im Binnenland befindet sich an der Ems die Kleinstadt Haren, die als Schifferstadt bekannt und überraschenderweise nach Hamburg und Bremen drittgrößter Reederstandort in Deutschland ist. Mehr als 20 Reedereien haben in Haren ihren Sitz. Sie verfügen über eine Flotte von 250 See- und Küstenschiffen. Zusätzlich sind in Haren 50 Binnenschiffe beheimatet.

Interessanterweise bildete Haren nach dem Zweiten Weltkrieg bis 1948 eine polnische Exklave in Deutschland. Die Stadt wurde für 3 Jahre zur polnischen Stadt Maczkow, polnische Soldaten und ehemalige Zwangsarbeiter der Emslandwerke siedelten sich an, bevor sie nach Polen zurückkehrten und die Stadt wieder zu einer deutschen wurde.

Die Talsperre in Ostfriesland

Um die preußisches Kriegshafenexklave Wilhelmshaven mit dem ebenfalls preußischen Ostfriesland (dazwischen lag Oldenburg) zu verbinden, wurde zwischen 1880 und 1888 der Ems-Jade-Kanal gebaut. In Emden verbindet eine 1887 erbaute Kesselschleuse, die einzige dieser Art in Europa, den Kanal mit drei anderen Wasserstraßen. Zwischen dieser Schleuse und Aurich ist der Kanal als Hochkanal angelegt, Dämme schützen ihn vor dem Auslaufen. Da das Wasservolumen zwischen den Schleusen über eine Million Kubikmeter beträgt, gilt der Kanal auf diesem Abschnitt wasserrechtlich als Talsperre.

Der Golfstrom

Zur Einführung des neuen Golfs benannte sich die Stadt Wolfsburg von August bis Oktober 2003 in Golfsburg um. Sämtliche Ortsschilder (das W wurde durch ein G überklebt) und die Briefköpfe der Stadtverwaltung wurden für diesen Zeitraum geändert. Auf einer eigenen Homepage wurden Vorschläge gesammelt, wie die Einführung des Golf unterstützt werden könnte. Jemand schlug dabei vor, den durch Wolfsburg führenden Mittellandkanal in `Golfstrom´ umzubenennen.

Der Elbe-Seitenkanal

20 Kilometer westlich von Wolfsburg zweigt vom Mittellandkanal der Elbe-Seitenkanal ab und trifft 115 Kilometer weiter nördlich bei Lauenburg auf die Elbe.

Der fast eine Milliarde Euro teure Kanal war seit 1969 im Bau und wurde am 15. Juni 1976 eröffnet. Doch bereits wenige Wochen später brach in der Gemeinde Adendorf bei Lüneburg an einer Unterführung der Damm und überschwemmte ein Gebiet von zehn Quadratkilometern. Das handelte dem Kanal damals den Spitznamen *Elbe-Pleitenkanal* ein. Heute hat er den Beinamen `Heide-Suez´, denn er führt durch die Lüneburger Heide, die früher auch als `Norddeutsche Sahara´ bezeichnet wurde (manche glauben, dass die Lüneburger Heide durch das Abholzen von Eichenwäldern für den Schiffsbau entstand, doch ihre Entstehung hatte andere Ursachen). Ein Grund für den Bau des Kanals war, das Gebiet der DDR zu umgehen, denn nach dem Krieg fand sich die Verbindung zwischen Mittellandkanal und Elbe jenseits des Eisernen Vorhangs. Weil der Kanal unweit der Zonengrenze lag, mussten auch militärstrategische Belange berücksichtigt werden. Durch den Kanal entstand ein Hindernis für Ost-West-Panzerbewegungen. Die Kanalböschungen wurden als Sperre für von Osten kommende Panzer angelegt, während von Westen nach Osten die Böschung in bestimmten Bereichen befahren werden konnte. Zum Kanal gehört das Schiffshebewerk bei Scharnebeck bei Lüneburg, das bei der Eröffnung als größtes Schiffs-hebewerk der Welt galt. Nach der Eröffnung von Strépy-Thieu in Belgien im Jahr 2002 gilt es heute als zweitgrößtes Senkrechthebewerk Europas.

☞ Übrigens hatte bereits Napoleon I. ähnliche Kanalpläne, die darauf abzielten, eine vor der britischen Flotte ge-schützte Binnenwasserstraßenverbindung von Paris über Lübeck in die Ostsee herzustellen.

Hannover - die Schleuse von Anderten

Hannover gilt zu unrecht als langweilig. Ein Titanic-Cartoon zeigte einst eine Busrundfahrt durch Hannover, bei der alle Teilnehmer eingeschlafen waren. Hannover ist wohl die einzige Großstadt, an der Ehemänner ihre Frauen an der Leine spazieren führen. Auch kam die Stadt aus der Wirtschaftskrise der zwanziger Jahre mit einem `blauen Auge´ davon - dem Maschsee (`das blaue Auge Hannovers´), der heute von Personenschiffen und Solarbooten befahren wird. Hannover liegt zudem unweit vom Meer - dem Steinhuder Meer. Etwas Besonderes ist auch die 1928 vom Reichspräsidenten persönlich eingeweihte Hindenburgschleuse im Stadtteil Anderten. Als der Kriegshafen von Helgoland nach verlorenem Weltkrieg 1919 geschleift werden musste, wurden die Granitblöcke der Mole per Schiff über Weser und Mittellandkanal nach Hannover gebracht und dort in der Schleuse verbaut.

Durch den Bau der Schleuse wurden im Stadtteil Anderten jedoch Wasseradern abgeschnitten und der Grundwasserspiegel sank. So fielen etliche Brunnen trocken und mancher hatte kein Badewasser mehr. Als Ausgleich wurde jedoch 1924 in der Schleuse eine Badeanstalt eingerichtet. Wenn Schiffe kamen, wurden die Badenden per Trillerpfeife aufgefordert, das Wasser zu verlassen. Die Bewohner von Anderten, das später zu Hannover eingemeindet wurde, waren stolz auf ihre Schleuse und bezeichnen sich bis heute als `Schleusenkinder´.

Münden - der letzte Heller

Münden wurde einst durch das ihr 1247 verliehene Stapelrecht wohlhabend, was noch heute an den vielen Fachwerkhäusern erkennbar ist. Unter den hier umgeschlagenen Gütern war vor allem die Waidpflanze aus Thüringen, aus der blauer Farbstoff gewonnen wurde (`Erfurt macht Europa blau´, hieß es einst). Obwohl die

Werra, die sich hier mit der Fulda zur Weser vereinigt, einst bis Wanfried schiffbar war (die Fulda bis Kassel), endet heute in Hann. Münden (um eine Verwechslung mit dem preußischen Minden zu vermeiden wurde einst das `Hannoversch´ vorgesetzt), der südlichsten Stadt Niedersachsens, die Binnenschifffahrt. In der Stadt gibt es eine Schleuse, die `Der letzte Heller´ heißt, ebenso einen Pegel und eine Gastwirtschaft `Der letzte Heller´, die an einer gleichnamigen Straße liegt.

Dölme und das Vorspannmonopol

Um ein Schiff aus Bremen nach Hannoversch Münden zu ziehen, benötigte man zu Zeiten der Treidelschifffahrt (die auf der Weser vom 8. bis zum 19. Jahrhundert betrieben wurde) rund 18 Tage. Viele Bauern und Tagelöhner lebten vom Treideln. Oft fuhren Boote den Schiffen voraus, um die Bauern zu benachrichtigen. Diese mussten dann meist die Feldarbeit liegen lassen, um den Dienst als Treidler zu verrichten. Treidelpfade (auch Leinpfade genannt) waren an der Weser etwa 3 Meter breit und gepflastert. Für das Treideln einer Ladung von 100 Tonnen wurden etwa 200 Männer oder 12 Pferde benötigt. Die Pferdegespanne wurden wiederum in einer festen Reihenfolge eingesetzt. Einzelne Ortschaften hatten sogar ein Monopol für das Vorspannen. Dort gab es Vorspannstellen, die eine Pferdestallung und eine Schlafstelle für Treidler einschlossen. Zu den Orten mit Vorspannmonopol gehörte Dölme an der Weser. Dort wurde im Sommer 2002 zur Tourismusförderung ein 500 Meter langer Treidelpfad freigelegt.

❖ Der Rio de la Plate

Seit Jahrzehnten bringt der Gastwirt und Fährmann Helmut Plate Wanderer und Radfahrer über die Oste. Plate ist als lokales Originals so populär, dass der örtliche Volksmund den Fluss auch *Rio de la Plate* nennt.

Der Stecknitzkanal

Im Mittelalter war Lübeck die wichtigste Stadt im Ostseeraum und galt als `Königin der Hanse´. Um Ostseefische zu konservieren, benötigte Lübeck große Mengen Salz. Die Salzspeicher an der Obertrave zeugen noch heute davon. Das Salz wurde vor allem aus der damals wichtigen Salzstadt Lüneburg bezogen. Über die Ilmenau war Lüneburg mit der Elbe verbunden und über die Nordsee und den Sund konnte Lübeck per Schiff erreicht werden. Das war jedoch ein großer Umweg und zudem war Sundzoll fällig. Da der Landtransport ebenfalls beschwerlich war, wurden schließlich zwischen Lübeck und Elbe die Flüsse Stecknitz und Delvenau durch einen 11 Kilometer langen Kanal verbunden. Dieser Kanal gilt als erster weltweit, der eine Wasserscheide überwand. Mit seinem Bau wurde 1392 begonnen und bereits 1398 wurde er eingeweiht. Etwa 500 Jahre war diese *Stecknitzfahrt* genannte Verbindung in Betrieb, bis die Eisenbahn und ein leistungsfähigerer Elbe-Lübeck-Kanal Alternativen boten.

Die größte Flussinsel

Hamburg wartet mit einem wenig bekannten Rekord auf. Es hat mit Wilhelmsburg die größte Flussinsel Europas. Und diese Flussinsel weist eine weitere Besonderheit auf: sie hat einen der letzten Tideauenwälder Europas. Hamburg liegt somit in einem Stromspaltungsgebiet und der Hauptarm der Elbe war ursprünglich die Süderelbe, an der Harburg liegt. Durch wasserbautechnische Maßnahmen wie Abdämmungen und Begradigungen gelang es Hamburg jedoch mit der Zeit, den nördlichen Arm zum Hauptwasserweg zu machen. Im Jahre 1189 erhielt Hamburg einen kaiserlichen Freibrief, der den Hamburgern vom Meer bis zur Stadt Freiheit von allen Abgaben garantierte. Die Hamburger selber leiteten daraus mit der Zeit jedoch ein Stapelrecht ab, das die stromabwärts fahrenden Schiffe zwang, ihre Waren in Hamburg abzuladen, um sie dort für den Verkauf anzubieten. Die Hamburger waren also schon immer clevere Kaufleute. Gottesfürchtig waren sie jedoch auch.

Denn nachdem Johann Hinrich Wichern 1870 die Binnenschifferseelsorge gegründet hatte, wurde auf einem in Hamburg verankerten Schiff eine Flussschifferkirche eingerichtet. Diese evangelisch-lutherische Schiffskirche besteht heute noch - als einzige schwimmende Kirche Deutschlands.

Eröffnung des Nord-Ostsee-Kanals

Der 99 km lange Nord-Ostsee-Kanal, der nach der Zahl der Schiffe meist befahrene Schifffahrtskanal der Welt (im Jahr 2006 durchfuhren ihn 43 000 Schiffe, mehr als 100 pro Tag, mit insgesamt 80 Millionen Tonnen Fracht), wurde 1895 von Wilhelm II. eröffnet und hieß bis 1948 Kaiser-Wilhelm-Kanal (im Englischen heißt er übrigens einfach *Kiel-Canal*).

Wilhelm II. hatte zur feierlichen Eröffnung zahlreiche ausländische Ehrengäste eingeladen. Zur Begrüßung der türkischen Staatsgäste erklang zur allgemeinen Verblüffung „Guter Mond, du gehst so stille". Die Marine-Kapelle verfügte nicht über die Noten der türkischen Nationalhymne, woraufhin der Kapellmeister, in Anspielung auf den Halbmond der türkischen Flagge, dieses schöne deutsche Lied intonieren ließ. Übrigens hatte Kaiser Wilhelm zur Finanzierung des Kanals (und der Kriegsflotte) 1902 die Schaumweinsteuer eingeführt. Diese Steuer gibt es sogar heute noch (etwa 1 € pro Flasche Sekt), sie bringt pro Jahr 500 Millionen Euro ein.

3.9 Berlin, Brandenburg und Mecklenburg

Die ersten Dampfschiffe

Die ersten Dampfschiffe Deutschlands wurden in Berlin gebaut. Der in Preußen aufgewachsene Engländer John Barnett Humphrey war dabei die treibende Kraft. 1815 erhielt er ein Patent der preußischen Regierung für Dampfmaschinen zum Antreiben von Schiffsgefäßen. Ab 1816 baute er in Pichelsdorf bei Spandau die ersten Raddampfer. Später verlegte er die Werft zur heutigen Schiffbauergasse in Potsdam.

Berlin - die schrumpfenden Häfen

Noch im Jahre 1875 war Berlin mit einem Umschlag von 3.2 Millionen Tonnen vor Duisburg/Ruhrort (2.9 Millionen Tonnen) der größte Binnenhafenstandort Deutschlands. Doch mit Krieg und Teilung der Stadt und der Konkurrenz durch die Straße ging der Verkehr zurück. Mit den Baumaßnahmen am Potsdamer Platz nach 1990 kam es zu einer Belebung, denn Baumaterialien wurden auch per Binnenschiff transportiert. Doch von 1994-2004 ging der Verkehr der Berliner Häfen von 9 Millionen Tonnen auf ein Drittel zurück. Damit liegt der Umschlag in Berlin heute unter dem Wert von 1875, während der Verkehr in Duisburg im gleichen Zeitraum auf das Sechzehnfache gestiegen ist.

Der Westhafen

Innerhalb Berlins ist der Westhafen der wichtigste Hafen, er wurde noch in den 1920er Jahren zum zweitgrößten deutschen Binnenhafen ausgebaut. Aufgrund der schwachen Verkehrsentwicklung wurde 2001 jedoch eines der drei Hafenbecken zugeschüttet und Speichergebäude werden heute anderen Nutzungen zugeführt. 1926 bereits mietete Ford eine Halle im Hafen, um Autos montieren zu lassen. Mit der Wirtschaftskrise war Deutschland zum Billiglohnland geworden und Importautos wurden höher besteuert als Einzelteile (damals übernahm General Motors zudem Opel). Im Berliner Osthafen ist man mit der Umnutzung schon weiter. Hier sind die Deutschlandzentralen von Universal Music und von MTV in ehemaligen Lagergebäuden untergebracht.

Der Landwehrkanal

Im 19. Jahrhundert war Berlin die deutsche Stadt mit dem intensivsten Binnenschiffsverkehr. Güter kamen aus dem Umland und aus den Häfen Hamburg und Stettin in die Stadt. Gleichzeitig war die Kapazität der Spree begrenzt und hatte im Innenstadtbereich auch noch eine Schleuse, an der sich die Schiffe stauten. Deshalb wurde zur Umgehung dieses Engpasses im Jahr 1850 der Landwehrkanal dem Verkehr übergeben.

☞ Dieser Kanal machte im 20. Jahrhundert zwei Mal Schlagzeilen. Im Januar 1919 wurde die Revolutionärin Rosa Luxemburg in Berlin erschossen und von den Mördern in den Landwehrkanal geworfen. Erst im Juni desselben Jahres fand man im Kanal ihre Leiche. Wenige Jahre später wurde Anna Anderson, die zeitlebens behauptete, die Zarentochter Anastasia zu sein, nach einem Selbstmordversuch aus dem Kanal gerettet.

Der Teltowkanal und die Treidelloks

10 000 Arbeiter waren einst mit dem Bau des Teltowkanals im Süden Berlins beschäftigt, der 1906 von Kaiser Wilhelm II. eingeweiht wurde. Schleppkähne wurden im Kanal durch elektrische Treidellokomotiven gezogen, die noch bis 1945 in Einsatz waren (in Lichterfelde steht eine Treidellok am Kanal als Denkmal). Dieses System war angeblich Vorbild für den Panamakanal, wo bis heute Treidelloks eingesetzt werden.

❖ Hertha BSC und das Binnenschiff

Der Berliner Fußballclub Hertha BSC ist nach einem Dampfer benannt, was sich noch heute im Vereinslogo zeigt, auf dem eine Schiffsflagge zu sehen ist. Als Fritz und Max Lindner, sowie Otto und Willi Lorenz, im Sommer 1892 den Fußballclub Hertha gründeten waren die vier noch Teenager. Eine Fahrt mit dem ‚Bockwurst-dampfer' Hertha, welche Fritz Lindner mit seinem Vater unternahm, hatte ihm so gut gefallen, dass er vorschlug, den Schiffsnamen auch für den Fußballclub zu verwenden. Die Reedereifarben des Ausflugschiffes - weiß-blau - sind bis heute die Vereinsfarben von Hertha BSC geblieben.

Der Rüdersdorfer Kalkberg

In Rüdersdorf im Osten von Berlin stellt der dortige Kalkberg das größte Kalksteinvorkommen Norddeutsch-lands dar. Schon seit dem Mittelalter wird hier Kalkstein abgebaut und bis Ende des 19. Jahrhunderts fast aus-schließlich über den Wasserweg, das heißt über die Rüdersdorfer Gewässer und die Spree, abtransportiert. Im 19. Jahrhundert wurden die Kalkbrüche durch kurze Kanäle, die durch Tunnel führten, direkt mit der Wasser-straße verbunden. Die Portale des Reden-Tunnels wurden sogar von Schinkel gestaltet. Der Bülow-Tunnel und sein Portal bestehen noch heute und können im Rüdersdorfer Museumspark besichtigt werden.

Die Spree - der rückwärts fließende Fluss

In heißen, trockenen Sommern machen in Berlin manch-mal Nachrichten einer rückwärts fließenden Spree Schlagzeilen, so etwa im Sommer 2003. Die Spree scheint dann ihre Fließrichtung zu ändern und rückwärts in den Müggelsee zu fließen. Der Wassermangel des Flusses hängt zum Teil mit der früheren Braunkohleförderung in der Lausitz zusammen. Zur Trockenlegung der Förder-gruben musste das Grundwasser abgepumpt werden. Es wurde in die dafür vertiefte Spree geleitet. Doch seit der Stilllegung des Tagebaues fließt das Grundwasser nicht mehr in die Spree, sondern füllt die Gruben. Um eine Übersäuerung des Seewassers durch den schwefel-säurehaltigen Boden zu vermeiden, wird zusätzlich Spree-wasser eingeleitet. Statt Wasser zu bekommen, muss die Spree heute also sogar Wasser abgeben. Brandenburg gehört zudem zu den trockensten Regionen Deutschlands, der Klimawandel mit heißen und trockenen Sommern scheint sich hier zusätzlich bemerkbar zu machen. Sinkt der Wasserspiegel des Berliner Müggelsees unter ein gewisses Level, fließt die Spree rückwärts in diesen See.

Spree und Havel

In Berlin Spandau mündet die Spree in die Havel. Eigentlich ist es ja umgekehrt, denn die Spree ist von der Quelle bis zur Mündung 380 km lang, bei der Havel sind es bis zum Zusammenfluss mit der Spree nur 325 km. Außerdem führt die Spree (wenn die Sommer nicht gerade sehr trocken sind) doppelt so viel Wasser wie die Havel. Die Spree fließt zudem durch die Innenstadt und prägt Berlin weit stärker als die Havel. Berlin hat denn auch den beinamen Spreeathen und nicht etwa Havelathen.

◈ Köpenick, die Waschküche Berlins

Zur Zeit der Industrialisierung waren innerstädtische Ge-wässer - es gab noch keine Kläranlagen - weit verschmutz-ter als heute. Das galt auch für die Spree, deren Schmutz-fracht vom Osten der Stadt nach Spandau hin deutlich zunahm. Im 19. Jahrhundert, als noch viel mit Flusswasser gewaschen wurde, siedelten sich Wäschereien deshalb dort an, wo der Fluss noch sauber war, also in Köpenick, was zeitweise den Beinamen ‚Waschküche Berlins‘ hatte.

Berlin und das größte Unternehmen

Berlin ist überraschenderweise Standort des wohl größten Binnenschiffsunternehmens Europas. Nach Abwicklung der VEB Binnenreederei und der Stilllegung von 2/3 ihrer Schiffe in 1992 entstand aus den Resten 1994 die *Deutsche Binnenreederei*. 2007 übernahm ein polnischer Finanzinvestor über die polnische Odratrans die Aktienmehrheit und mit DBR/Odratrans fahren nun 900 Schiffe mit einer Kapazität von 450 000 Tonnen unter gemeinsamer (polnischer) Flagge.

Die Wollhandkrabbenfanganlage

Mit dem Ballastwasser von Schiffen werden oft Lebewesen aus anderen Kontinenten in lokale Gewässer eingeschleppt, mit teilweise gravierenden Folgen für das Ökosystem. Mit Schiffen aus China kam um 1912 die Wollhandkrabbe nach Europa und breitete sich von den großen Häfen Rotterdam und Hamburg aus, den Rhein und die Elbe hoch (mittlerweile sind Basel und Prag erreicht). In den 1930er Jahren war die Krabbe durch ihre schnelle Vermehrung auch an der Havel zu einer Plage geworden, da sie durch Wühlarbeit auch Dämme und Uferbauten gefährdete. So wurde am Hauptwehr in Quitzöbel bei Havelberg schließlich eine Wollhandkrabbenfang und -vernichtungsanlage eingerichtet. Dort wanderten die Tiere über eine Schräge und landeten in einer Mühle, wo sie zu Schrot verarbeitet wurden. Die Krabbe wird wegen ihrer metallisch bläulichen Farbe nämlich von Europäern nicht gern gegessen. Jedoch hat sie einen festen Platz auf dem Speisezettel der Chinesen in Europa, die die Krabbe aus ihrer Heimat kennen. In den 60er und 70er Jahren ging die Zahl der Krabben durch Umweltverschmutzung stark zurück, durch Verbesserung der Wasserqualität ist ihr Bestand in den letzten Jahrzehnten aber wieder gestiegen.

Strausberg - am liebsten elektrisch

In der Kleinstadt Strausberg im Osten von Berlin gibt es überraschenderweise eine Straßenbahn (1893 als `Strausberger Eisenbahn´ eröffnet). Noch erstaunlicher ist, dass ein weiteres Verkehrsmittel der Stadt Energie aus einer Oberleitung bezieht: die Seilfähre über den Straussee wird elektrisch betrieben - als einzige in Europa. 8000 Fahrgäste nutzen dieses Kuriosum pro Jahr.

Binnenschiffe im Rostocker Seehafen

Mecklenburg-Vorpommern hat zwar neben seiner Küste auch etliche Binnenwasserwege, doch diese sind nur von geringer Tragfähigkeit und keiner der Seehäfen Wismar, Rostock und Stralsund hat eine Hinterlandverbindung über Binnenwasserstraßen. So ist der Binnenschiffsgüterverkehr in Mecklenburg-Vorpommern mit 0.1 Millionen Tonnen pro Jahr heute minimal. Als Rostock von der DDR zum Überseehafen ausgebaut wurde, gab es Pläne, über die Warnow einen Nord-Süd-Kanal zur Elbe zu bauen. Doch diese Pläne wurden angesichts der hohen Kosten nie verwirklicht. Zudem wollte man einen Küstenkanal verwirklichen, der den Breitling mit dem Saaler Bodden am Darß verbunden hätte. Ein Recknitz-Trebel-Kanal sollte dann den Bodden mit der Peene verbinden. Ein Stück dieses Kanals wurde gebaut, doch auch das Küstenkanalprojekt wurde Anfang der 1960er Jahre aufgegeben. Da aber die Pläne vorsahen, dass neben der Eisenbahn auch die Binnenschifffahrt zum Hinterlandverkehr beitragen sollte, mussten Binnenschiffe die Küste entlang nach Rostock fahren. Da die DDR keine Fluss-See-Schiffe besaß, durften diese Schiffe nur von April bis Oktober fahren, denn im Spätherbst und Winter war die See zu rau. Zumindest war so dem Plan genüge getan.

3.10 Sachsen-Anhalt und Thüringen

Magdeburg - das Blaue Kreuz

Im Jahre 2003 wurde das Magdeburger Wasserstraßenkreuz fertig gestellt, das `Blaue Kreuz´ aus Mittellandkanal und Elbe. Zum bestehenden Schiffshebewerk aus dem Jahr 1938, das zum Bedauern von Freizeitkapitänen stillgelegt wurde, kam die längste Trogkanalbrücke Europas und eine Doppelsparschleuse. Doch Kritiker fragen sich, ob sich solche und andere Investitionen, wie der Neubau des Schiffshebewerks Niederfinow und der Elbe- und Saaleausbau überhaupt lohnen, denn der Umschlag aller Binnenhäfen Ostdeutschlands ist geringer als der des Kölner Hafens.

Der Magdeburger Dom und der Hungerfelsen

Mit dem Bau des gegenwärtigen Magdeburger Doms wurde bereits im Jahre 1209 begonnen. Um Baumaterial auf dem Wasserweg transportieren zu können, wurde der Dom nahe der Elbe errichtet. Doch da der Boden hier weich ist, wählte man als Baugrund einen Felsen, der in den Fluss hineinragt. Da der Domfelsen bei Niedrigwasser, welches mit Trockenheit und schlechten Ernten einhergeht, im Fluss zu sehen ist, wurde er von der Bevölkerung auch als *Hungerfelsen* bezeichnet. Es gab immer wieder Pläne, den Domfelsen im Fluss abzutragen, um die Schifffahrt zu erleichtern. Im Sommer 2007 wurde schließlich sogar eine Treppenanlage errichtet, um die Zugangsmöglichkeit vom Westufer aus zu verbessern.

Der eingebrochene See

Ein Jahr nach der Wiedervereinigung wurde auf dem Arendsee in Sachsen-Anhalt Personenschifffahrt mit einem Schiff im Stil eines Mississippi Shuffle-Bootes eingerichtet, der damaligen Westsehnsucht entsprechend.

Der See ist ein Einbruchsee und hat eine interessante Geschichte. Am 24. November 1685 war am See starker Sturm aufgekommen. Am Tag darauf wurden starke Erschütterungen wahrgenommen, an ein Erdbeben gemahnend. Am frühen Nachmittag begann ein Stück des Seeufers abzubrechen und zu sinken. An den See grenzende Weiden, Gärten und eine Windmühle stürzten in den See. 40 Hektar versanken innerhalb von 30 Minuten. Baumstarke Quellen schossen hoch aus dem See. In der Stadt Arendsee herrschte Panik, die Bevölkerung fürchtete weitere Erdrutsche. Noch mehr als hundert Jahre später feierte die Stadt zum Gedenken an das Naturereignis einen Städtischen Bußtag. Durch unterirdische Ausschwemmungen und Auslaugungen von Gipsen und Salzen waren große Hohlräume entstanden, die schließlich 1685 nach heftigen Regen einstürzten.

Das binnenschiffslose Bundesland

Thüringen ist heute das einzige deutsche Bundesland ohne Binnenschiffsverkehr. Und auch in vorindustrieller Zeit gab es hier kaum Schiffe. Die Werra war nur bis Wanfried an der hessischen Grenze schiffbar, ab hier wurde der Handel mit Flößen betrieben. Wichtige Handelsgüter waren dabei Salz, Holz und Waid. Aus Waid wurde Farbstoff hergestellt und damals galt „Erfurt macht Europa blau". Bis 1994 waren in den offiziellen Bundeswasserstraßenkarten Werra und Unstrut bis in thüringisches Gebiet als Binnenwasserstraßen eingetragen. Doch 1995 wurden über 300 Kilometer nicht klassifizierte Binnenwasserstraßen aus der Bundeswasserstraßenliste gestrichen, darunter auch diese Gewässer. Und so hat Thüringen, über dessen Wasserstraßen einst sogar eine Verbindung zwischen Weser und Main geplant war, heute keine Bundeswasserstraßen mehr und auch keinen Binnenschiffsgüterverkehr.

3.11 Sachsen

Leipzigs Geisterhafen

In Leipzig wurde in den dreißiger Jahren im Stadtteil Lindenau ein Hafen mit einem 1000 Meter langen Becken als Endpunkt des Elster-Saale-Kanals gebaut. Mit dem Bau des 20 Kilometer langen Kanals, der als Teil des Südflügels des Mittellandkanals gedacht war, wurde im September 1933 begonnen. Doch bis zum Ausbruch des 2. Weltkrieges wurde der Kanal nur zur Hälfte fertig und zu DDR-Zeiten wurde der Bau nicht wieder aufgenommen. Auch nach der Wende wurde kein Bedarf für diesen Kanal gesehen, der ohnehin nur in die wenig leistungsfähige Saale münden würde. Und so bleibt dieser Hafen in der von vielen kleineren Flüssen durchzogenen Wasserstadt Leipzig ein Geisterhafen.

Sachsens Dampfer

Die Sächsische Dampfschifffahrt gilt mit 9 historischen Dampfern, die zwischen 78 und 128 Jahre alt sind, als älteste und größte Raddampferflotte der Welt.
Etwa 700 000 Personen werden pro Jahr befördert. Niedrigwasser ist jedoch in manchen Jahren ein Problem. Seltener, so bei der Jahrhundertflut von 2002, die Dresden stark zusetzte, kommt die Personenschifffahrt durch Hochwasser zum Erliegen.

Das erste Schiffshebewerk

Wenig bekannt ist, dass Sachsen das erste Schiffs-hebewerk Europas hatte. Bei Freiberg wurde von Johann Friedrich Mende 1789 das Kahn-Hebehaus Halsbrücke an der Mulde erbaut. Heute ist nur noch das Bruchstein-Mauerwerk erhalten. Da der sächsische Kurfürst Industrie-spionage fürchtete, hielt er Mende an, nicht zu sehr auf die

Erfindung aufmerksam zu machen. Das führte dazu, dass 1799 der Wasserbau-Fachmann David Gilly in Berlin das sächsische Hebewerk als schlechte Nachahmung englischer Vorbilder bezeichnete, obwohl es älter war als die Anlagen auf der Insel. Auch heute ist dieses ehemalige Schiffshebewerk kaum bekannt.

Die längste Schiffskette der Welt

Die Elbe hat heute in Sachsen nur noch wenig Binnenschiffsverkehr, die Umschlagszahlen des Dresdener Hafens sind bescheiden. Noch 1875 war die Elbe jedoch bei Dresden als Schifffahrtsweg so bedeutsam wie der Rhein bei Mannheim. Dazu beigetragen hat die in Frankreich erfundene Kettenschifffahrt (auch Seine und Rhone hatten Ketten), die 1869 in Sachsen eingeführt wurde. Kettendampfer zogen sich dabei an einer lose im Fluss liegenden Kette vorwärts und hatten dabei Frachtkähne im Schlepptau.

In der Blütezeit der Kettenschifffahrt (1870-1890) lagen sogar 730 km Ketten in der Elbe, von Melnik in Böhmen bis Hamburg. Kettenschiffe hatten auch den Vorteil, mit niedrigen Wasserständen operieren zu können, während Seitenraddampfer mindestens 1 m Wassertiefe benötigten. Im trockenen Jahr 1893 betrug die Fahrwassertiefe der Elbe zum Beispiel nur 63 cm. Dennoch verdrängten ab den 1890er Jahren die Seitenradschleppdampfer nach und nach die Kettenschiffe, die allerdings auf schwierigen Abschnitten bis 1943 in Einsatz blieben. Heute liegt die Elbe nicht mehr an der Kette und gilt mit ihrem weitgehend unverbauten Ufer und ihrem bis Geesthacht schleusenlosen Verlauf als naturnaher Fluss.

☞ Originalteile der einst längsten Flusskette der Welt können im Dresdener Verkehrsmuseum besichtigt werden.

4. Österreich und die Schweiz

4.1 Österreich

Binnenschiffsverkehr findet heute in Österreich ausschließlich auf der Donau statt, deren Länge in der Alpenrepublik 351 km beträgt. Doch in vorindustriellen Zeiten waren Salztransporte auch auf anderen Flüssen wichtig. Zudem gab es verschiedene Kanalprojekte, darunter Verbindungen zur Oder und zur Adria.

Die Salzschiffe

Im Salzburger Raum (siehe Name der Stadt) war die Salzgewinnung einst von großer Bedeutung, vor allem in der Salzstadt Hallein. Bis zu 5 Salzschiffe brachten dieses Frachtgut täglich ins bayerische Burghausen, wo eine Mautstelle bestand, das Salz ausgeladen und mit Fuhrwerken weiter transportiert wurde.

Auch Gmunden war ein wichtiger Verkehrsknotenpunkt für den Transport von Salz. Um 1800 wurden aus den Salinen Bad Aussee, Hallstadt, Bad Ischl und Ebensee pro Jahr 20 000 Tonnen Salz in Gmunden für den Versand vorbereitet und auf der Traun und weiter über die Donau verschifft.

Der Lendkanal in Klagenfurt

Auch Klagenfurt hat einen Kanal, wenn auch einen sehr kurzen. Der 4 km lange Lendkanal verbindet Klagenfurt mit dem Wörthersee. Der Name Lend leitet sich dabei vom mittelhochdeutschen Lente = Hafen ab. Ursprünglich diente der im 16. Jahrhundert erbaute Kanal der Wasserzufuhr zum Stadtgraben und als Transportweg für Holz. Heute hat er nur noch Freizeitfunktionen. Entlang des Kanals gibt es eine populäre Skaterstrecke.

Der Wiener Neustädter Kanal

Während heute nur noch der Donau-Wasserweg schiffbar ist, gab es einst in Österreich weitere schiffbare Gewässer. Der Wiener Neustädter Kanal wurde 1803 in Betrieb genommen. Auf dem Kanal wurden vor allem Holz und Kohle nach Wien transportiert. Da die privaten Betreiber bald mit dem aufkommenden Schienenverkehr Eisenbahninteressen verfolgten, ging der Verkehr ab 1879 immer weiter zurück, bis er im ersten Weltkrieg ganz eingestellt wurde.

☞ In der Wiener Neustadt weist eine Gedenktafel auf die Existenz eines ehemaligen Kanalhafens hin.

Der Donau-Oder-Kanal

Mit dem Anschluss Österreichs wurde im Dritten Reich ein lange bestehendes Projekt einer Kanalverbindung Oder-Donau wieder aktuell und Ende der Dreißiger Jahre begannen die Bauarbeiten an diesem als `Adolf-Hitler-Kanal´ bezeichneten Projekt. Doch wenige Monate später wurden sie mit dem beginnenden Zweiten Weltkrieg bereits wieder eingestellt. Während man in Schlesien wenig vorangekommen war, wurden in Österreich doch ein paar Kilometer fertig gestellt. Diese dienen heute teilweise als Badeseen.

Die Erste Donaudampfschiff(f)ahrtsgesellschaft

Die 1829 gegründete private Erste Donaudampfschifffahrtsgesellschaft (DDSG) war einst die größte Binnenreederei der Welt. Im Jahr 1880 verfügte sie über 201 Dampfschiffe, 750 Schlepper und beförderte 1.3 Millionen Tonnen Güter und 3.1 Millionen Passagiere. Sie befuhr neben der Donau die Drau, die Theiß, die Save, die ungarische Sarviz, den Bega-Kanal, den Franzenkanal, den Franz-Josefs-Kanal und das Schwarze Meer. Nach dem 1.

Weltkrieg verlor die DDSG an Bedeutung, 1991 wurde sie aufgeteilt, 1993 an Stinnes verkauft und 2007 übernahm sie schließlich ein serbischer Unternehmer, 2010 dann die Ferrexpo ein Unternehmen mit Sitz in der Schweiz.

Grein und der Strudel

Grein ist heute eine kleine Stadt an der oberösterreichischen Donau, galt aber einst als 'goldenes Städtchen'. Denn damals machte eine stromabwärts gelegene Donauengstelle mit gefährlichen Strudeln und Wirbeln Grein zu einem bedeutenden Donauort, mit zahlreichen Lotsen. Teilweise wurden in Grein auch die Waren von den Schiffen abgeladen und mit Karren weiterbefördert, was die Stadt zu einem Handelsplatz machte.

Die Strudel bei Grein machten 1854 auch der späteren Kaiserin Sissi bei ihrer Brautfahrt von Bayern nach Wien zu schaffen. Im Greiner Strudel lief das Schiff der Braut von Franz Josef auf Grund und es hieß, Sissi wäre beinahe ertrunken. Franz Josef ließ daraufhin eine Sprengung vornehmen, um den Strudel zu entschärfen.

Die blaue Donau

Die Donau hat den Beinamen `die blaue´, da sie wenig Sedimente mitführt. Doch ob sie wirklich so blau ist wollte der österreichische Hydrograf Anton Bruszkay im Jahr 1900 ganz genau wissen: Er blickte jeden Tag zwischen sieben und acht ins Donauwasser. Die österreichische Zeitschrift Falter zitiert anlässlich der Ausstellung `Die Erfindung der Donau´ im Juli 2005 seine Jahresbilanz: *"An elf Tagen braun, an 46 lehmgelb, an 59 schmutziggrün, an 45 Tagen hellgrün, an 5 Tagen grasgrün, an 69 Tagen stahlgrün, and 46 Tagen smaragdgrün und an 64 Tagen dunkelgrün."* Die Farbe blau war nicht dabei.
Als blau wird übrigens auch der Jangtsekiang bezeichnet.

4.2 Die Schweiz

Die Mannheimer Akte

Der Wiener Kongress förderte die freie Schifffahrt auf internationalen Flüssen und schließlich wurde diese für den Rhein in der Mannheimer Akte von 1868 besiegelt. Neben den damaligen deutschen Anliegerstaaten gehörten Frankreich und die Niederlande zu den Unterzeichnerstaaten. Die Schweiz war jedoch nicht dabei, denn der Verkehr auf dem noch nicht regulierten Oberrhein nach Basel war damals unbedeutend. Erst nach 1900 kämpften sich Dampfschiffe bis Basel durch.

Der Chemieunfall

1986 wurde die Existenz der mittlerweile in Basel entstandenen Chemieindustrie den Rheinanliegern durch den Brand des Sandozwerkes und die durch Löschwasser verursachte Umweltkatastrophe schmerzlich bewusst. Dieses Ereignis führte zu Fischsterben aber auch zu verstärkten Investitionen in die Sauberkeit des Flusses. Schon 1988 bewies der deutsche Umweltminister Töpfer im Selbstversuch bei Mainz, dass man im Rhein wieder schwimmen konnte. Heute finden immer mehr Fischarten zurück in den Fluss, darunter Lachse. Die können aber zum Laichen noch nicht in die Schweiz wandern, wo Kraftwerke mit Fischtreppen versehen sind. Denn solche Fischtreppen gibt es in den französischen Kraftwerken südlich von Straßburg nicht (der Versailler Vertrag von 1919 räumte den Franzosen dort das alleinige Kraftwerknutzungsrecht ein). Die französische Elektrizitätsgesellschaft EDF will diese in ihren längst abgeschriebenen und dadurch hochprofitablen Flusskraftwerken auch nicht einbauen, sondern schlägt vor (wie an der Garonne) die Fische vor den Staustufen einzusammeln und per LKW den Rhein hoch zu transportieren.

Die Aareschifffahrt

Die Aare war einst vom Brienzer See bis zur Mündung in den Rhein durchgehend befahrbar. Die Stadt Aarburg war dabei ein wichtiger Umschlagsplatz für die auf der Aare transportierten Güter (vor allem Wein und Salz). Im Berner Hafen Matten wurden 1825 noch 11 000 Tonnen umgeschlagen. Die Entdeckung von Salz in der Schweiz und der Bau von Bahnlinien und Flusskraftwerken bedeuteten schließlich das Aus für die Aareschifffahrt. Heute gibt es nur noch Personenschifffahrt auf Teilstrecken (Solothurn-Bieler See). Auch 11 andere Schweizer Seen haben noch Personenverkehr (insgesamt immerhin 0.1 Milliarden Personen-km pro Jahr).

Schweizer Salz

Einst hatte die Schweiz keine eigenen Salzvorkommen und über Bodensee und Rhein wurde aus Südostbayern und dem Salzkammergut Salz in die Schweiz eingeführt. Wegen der Rheinfälle bei Schaffhausen wurde teilweise bereits in Stein am Rhein auf Fuhrwerke umgeladen, was diesem Ort zu gewisser Bedeutung verhalf.

In den 1840er er Jahren wurden unweit des Schweizer Rheinufers östlich von Basel bei Kaiseraugst und Riburg Salzvorkommen entdeckt. Die Salinen erhielten im Laufe der Zeit ein Salzmonopol für die Schweiz und gelangten in kantonale Hand. Bis heute verteidigen die Kantone das Salzmonopol, das ihnen stabile Einnahmen garantiert. Da es im Winter manchmal zu Streusalz-Lieferengpässen kam und das Monopol deshalb kritisiert wurde, baute man im Jahre 2005 in Riburg ein riesiges Auftausalzlager, den `Salzdome´ (Kapazität: 80 000 t).

☞ Während am Rhein Salz gefunden wurde, wurde einst im Rhein Gold gefunden, das der Rhein aus den Alpen mitbrachte. Im Fluss standen deshalb einst zahlreiche Goldwäscher, um dieses *Rheingold* zu fördern.

5. Binnenschifffahrt im übrigen Europa

5.1 Benelux

Brügge

Brügge war im Mittelalter aufgrund seines Textilgewerbes eine der größten und reichsten Städte in Westeuropa. Doch nach und nach versandete ihr Hafen und wirtschaftliche Aktivitäten verlagerten sich immer mehr nach Antwerpen. Victor Hugo bezeichnete die Stadt schließlich als `Bruges la morte´ (Brügge die Tote). Um die Stadt aus ihrem ökonomischen Dornröschenschlaf zu wecken, wurde 1896 mit dem Bau des neuen Hafens Brügge-Zeebrügge am offenen Meer begonnen. 1905 wurden die Arbeiten abgeschlossen, doch erst etwa 70 Jahre später sollte sich der Hafen rascher entwickeln. Mittlerweile gehört Zeebrügge zu den am schnellsten wachsenden Häfen an der Nordsee. Es ist der wichtigste Hafen in Europa für Erdgas und RoRo-Verkehr. Im Jahre 1987 machte Letzterer allerdings negative Schlagzeilen: die RoRo-Fähre *Herald of Free Enterprise* kenterte hier, 193 Menschen fanden den Tod. Dies hat wiederum schließlich den Bau des Ärmelkanaltunnels beschleunigt.

Die Leie

Die nach Gent fließende Leie im Westen Belgiens galt wegen der Flachsverarbeitung einst als „Goldene Leie". Die Orte am Fluss waren wohlhabend und die Region gehörte einst zu Frankreich. Im Frieden von Utrecht musste Ludwig der XIV. Gebiete an der Schelde und Leie an Österreich abtreten, die Leie wurde auf 27 Km zu einem Grenzfluss. Dadurch wurden gewachsene Orte wie Wervik und Comines in der Mitte geteilt, ein Trauma für diese Städte. Wervik wird heute zudem durch die Grenze Flandern-Wallonien noch mal geteilt.

Das Schiffshebewerk von Strépy-Thieu

In Belgien mit seinem flämischen und dem wallonischen Landesteil wird sehr auf Proporz geachtet. Als in Flandern ein Seehafen ausgebaut wurde, sollte es auch im wallonischen Landesteil, der keine Küste hat, ein Projekt zum Ausbau der Schifffahrt geben. Schließlich wurde beschlossen, am Canal du Centre ein Schiffshebewerk zu bauen, das 4 alte Schiffshebewerke mit geringer Kapazität ablösen würde. Wegen der großen Höhenunterschiede wurde das neue Schiffshebewerk von Strépy-Thieu, das wie ein weißer Elefant in der Landschaft steht, schließlich zum größten der Welt (es kostete über 600 Millionen Euro) und Schiffe fahren in der Gegend jetzt nicht im Tal, sondern auch auf dem Landrücken.

Dorestad und Dordrecht

In den Niederlanden hat sich in der Vergangenheit nicht nur die Küste verändert, sondern auch die Bedeutung von Handelsstädten an Flussmündungen. Die wichtigste niederländische Handelssiedlung im 7.-9. Jahrhundert war Dorestad an der Gabelung des Niederrheins in Lek und Krummen Rhein. Nach einer Verlagerung der Rheinarme nahm die Bedeutung Dorestads rasch ab. Heute gibt es diesen Ort gar nicht mehr. Ein anderer Hafen, der an Bedeutung verloren hat, ist Dordrecht, einst wichtigster holländischer Hafen für die Rheinschifffahrt. Doch diese Rolle hat später Rotterdam übernommen, der lange Zeit größte Hafen der Welt. Rotterdam war durch den Binnenschiffsanschluss, durch technische Innovationen und effiziente Organisation immer mehr zum wichtigsten Seehafen von Rhein und Ruhr geworden. Hier werden sogar mehr Tonnen im Binnenschiffsverkehr umgeschlagen als in Duisburg, welches für sich reklamiert, größter Binnenhafen Europas zu sein.

Der Zaan und die Windmühlen

Im Nordwesten Amsterdams gibt es eine moorige Flusslandschaft am Ufer des Zaan, die *Zaanstreek*, deren
einziger Reichtum lange Torf war. Doch erstaunlicherweise gilt diese Gegend als das älteste Industriegebiet
Europas. Durch die Küstennähe bläst hier ein beständiger
Wind, was zum Antrieb von am Flussufer stehenden
Windmühlen genutzt wurde. Im Jahre 1594 gab es hierbei
einen wichtigen technischen Durchbruch: der Erfinder
Cornelis Corneliszoon stattete erstmals eine Windmühle
mit einer Kurbelwelle aus. Das steigerte deren Arbeits-
leistung deutlich und Windmühlen wurden zu kleinen
Fabriken, die den Warenhunger der nahen Metropole
Amsterdam bedienten, transportiert wurde auf der Zaan.
Im Laufe des 17. und 18. Jahrhunderts wurden an der Zaan
über 1000 Windmühlen gebaut, die Holz sägten, Getreide
droschen, Farbpulver mahlten etc. Zahlreiche Handwerker
siedelten sich an und auch der Zar Peter der Große schaute
vorbei. Erst mit der Erfindung der Dampfmaschine ging
der Boom zu Ende. Von den Windmühlen sind heute 12
übrig geblieben, 5 davon stehen im Museumspark Zaanse
Schans, dessen authentische Atmosphäre jährlich fast eine
Million Besucher anzieht. Die Zaan selbst ist eine Wasserstraße der Klasse V, hier können Schiffe mit einer
Tonnage von bis zu 3000 Tonnen verkehren.

Amsterdam und die Grachtenpaketboote

Amsterdam ist dicht bebaut und Straßenraum ist knapp,
auch wegen der Kanäle. Deshalb wird dort mit neuen
logistischen Konzepten experimentiert. Seit März 2007
fährt eine Gütertram und schon seit 1997 werden von DHL
mit Booten Expresssendungen auf dem Kanalnetz der
Stadt befördert und vom `Floating Distribution Center´ per
Fahrradkurier an die Adressaten feinverteilt.

5.2 Frankreich

Frankreich ist von Bergen (Pyrenäen, Alpen, Ardennen, Vogesen) umgeben, hat deshalb zahlreiche Flüsse und ein mildes, aber nicht zu trockenes Klima mit wenig Eis- und Niedrigwasserperioden und es bietet deshalb gute geographische Voraussetzungen für die Binnenschifffahrt. Da kein Fluss das ganze Land durchquert, sind allerdings viele Kanäle und Schleusen nötig, um die Flusssysteme zu verbinden. In Frankreich gibt es über 1800 Schleusen - mehr als in allen anderen Ländern Kontinentaleuropas zusammen. Etliche dieser Kanäle wurden bereits in vorindustriellen Zeiten gebaut und haben wegen ihrer geringen Kapazität nur noch touristische Bedeutung.

Die Loire-Winde

Die Loire hat heute nur noch in ihrem Unterlauf Bedeutung für den Schiffsverkehr. Doch einst war sie eine der wichtigsten Verkehrsachsen des Landes. Vom einstigen Wohlstand des Loire-Tales zeugen heute noch die berühmten Loire-Schlösser. Die Ost-West-Ausrichtung der Loire bedeutete, dass Schiffe sich in Vor-Dampfschiffszeiten nicht nur mit der Strömung flussabwärts treiben lassen, sondern auch den Wind für Fahrten gegen die Strömung nutzen konnten. Die Nutzung beider Verkehrsrichtungen war bei Flüssen damals nicht selbstverständlich und ein großer Vorteil.

Links und rechts der Seine

Ohne die Seine wäre in der frühen Neuzeit der Aufstieg von Paris zur Weltstadt nicht möglich gewesen, denn in der Voreisenbahnzeit konnte nur ein leistungsfähiger Wasserstraßenanschluss die Versorgung einer größeren Bevölkerung garantieren. Dabei hat die Seine auch auf andere Weise die Stadtentwicklung beeinflusst. Das rechte

Flussbett der Seine war tief und eignete sich besser für die Schifffahrt als das linke, Entsprechend war das rechte Seineufer besser für die Anlage von Häfen geeignet. Hier entstanden deshalb repräsentative Gebäude wie der Louvre. Das weniger dicht besiedelte linke Ufer wurde erst eher extensiv genutzt, z.B. für Klosteranlagen, aus denen sich später Universitäten entwickelten.

Paris und die Personenschifffahrt

Am 13. April 1598 unterzeichnete der französische König Henri IV. das Edikt von Nantes, das den französischen Protestanten (Hugenotten) Bürgerrechte einräumte. Im Dezember 1599 verfügte er, dass für die Protestanten von Paris ein Gotteshaus gebaut werden sollte. Da diesen der Besuch nicht zu leicht gemacht werden sollte, wurde die Kirche in Ablon an der Seine und damit in gerade noch an einem Tag erreichbarer Distanz außerhalb von Paris gebaut. Während wohlhabende Protestanten den Ort mit einer Kutsche erreichten, waren weniger begüterte Bürger auf den billigeren Wassertransport angewiesen. Ein getreideltes Boot verkehrte stromaufwärts bis zum Ort Corbeil. Dieser Transport war so langsam und mühsam, dass die Gläubigen meinten, schon dadurch irdische Sünden verbüßt zu haben und ins Paradies gelangen zu können. Seit nach einer Epidemie in Paris Leichen auf dem Wasserweg nach Corbeil gebracht wurden, sind in Frankreich nach diesem Ort sogar die Leichenwagen (corbillard) benannt. Heute ist die Schifffahrt angenehmer. 7 Millionen Touristen pro Jahr machen eine Bootsfahrt auf der Seine in Paris, sogar Hotelschiffe gibt es in der französischen Hauptstadt.

Der Grenzübertritt

Seit 1853 kann man von Straßburg per Schiff durch den Rhein-Marne-Kanal auf relativ direktem Wege nach Paris gelangen. Vorher mussten große Umwege in Kauf genommen werden. 1836 kam der Elsässer Jacob Jung mit zwei Lastkähnen in Paris an. Er hatte einen langen Umweg über die kurz zuvor kanalisierte Doubs, die Saône und den Canal de Bourgogne gemacht. Seine Ankunft in Paris am Quai Bercy wurde gefeiert. Als er jedoch auf Deutsch erklärte, dass er aus Straßburg käme, wollte der Zöllner die Waren konfiszieren, da sie nicht verplombt waren und er glaubte, Straßburg befände sich in Preußen.

☞ Im Jahre 1867 staunte dann ganz Paris über ein kleines Dampfschiff, das vor der Iena-Brücke festmachte. Aus ihm stieg der junge ungarische Aristokrat Szechenyi aus, der über den Rhein-Marne-Kanal bis aus Ungarn gekommen war. Zwischen Donau und Main in Bayern nutzte er dabei den Ludwigskanal. Und nachdem er die Aufmerksamkeit auf diesen Wasserweg gelenkt hatte, fuhren auch Deutsche und Holländer mit dem Binnenschiff nach Ungarn, um dort Getreide zu laden.

Canal du Midi

Um den Atlantik mit dem Mittelmeer zu verbinden und eine Umfahrung Spaniens zu vermeiden, wurde im Jahre 1681 in Südfrankreich der Canal du Midi eröffnet. Beaufsichtigt wurde der Bau von Pierre-Paul Riquet, einem reichen Steuereintreiber. Er ging durch das Unternehmen bankrott und starb im Jahre 1680, wenige Monate vor der Eröffnung des Kanals. Denn der Bau war teuer - 12 000 Menschen hatten 15 Jahre gearbeitet, um den Kanal zu schaffen und Riquet zahlte gut, um seine Leute zu motivieren. Der Kanal hat 103 Schleusen und zahlreiche andere Kunstbauten, die helfen, einen Höhenunterschied von 190 m zu überwinden. Darunter ist der erste Kanaltunnel, der jemals gebaut wurde. Als Thomas Jefferson Botschafter Amerikas in Frankreich war, befuhr er diesen Kanal und empfahl danach eine Fahrt allen, die

Frankreich besuchten. In den 1930er Jahren gab es Pläne, den Kanal unter erheblicher Ausweitung der Kapazität für die Seeschifffahrt auszubauen. Doch es blieb bei den Plänen. 1970 sollten die Schleusen um 8 Meter, die ihnen für den modernen Binnenschiffsverkehr fehlten, ausgebaut werden, doch die Arbeiten wurden nach der Hälfte gestoppt. So wird der Kanal seit 1989 nicht mehr für den Güterverkehr genutzt. Er spielt jedoch für den Freizeitverkehr und den Flusstourismus noch eine Rolle. Weil die alten Anlagen noch gut erhalten und wichtige historische Zeugnisse sind, wurde der Kanal von der UNESCO 1996 auf die Liste des Weltkulturerbes gesetzt.

Die Schleusentreppe von Fonserannes

Die am Canal du Midi gelegene Schleusentreppe von Fonserannes ist mit ihren acht alten Schleusenkammern und 9 Toren bei Binnenschiffsbeobachtern (gangoozlers) so beliebt, dass sie mittlerweile zur drittmeist besuchten Sehenswürdigkeit der Region Languedoc-Roussillon geworden ist (nach dem Pont du Gard und Carcassonne).

1983 wurde eine geneigte Ebene mit Wasserkeil gebaut. Doch das neue System funktionierte nur leidlich und ist heute, anders als die alte Schleusentreppe, außer Betrieb.

Airbusboote an der Garonne

Airbus hat Produktionsstätten im nördlichen Europa, vor allem in Deutschland, während die Hauptmontage im südfranzösischen Toulouse stattfindet. Große Transportflugzeuge werden eingesetzt, um Flugzeugteile zu transportieren. Doch aus Kostengründen soll in Zukunft vermehrt auf den Wassertransport zurückgegriffen werden. Dafür werden Flugzeugteile mit Küstenschiffen zum Hafen von Bordeaux gebracht, der wie Toulouse an der Garonne liegt. Von da geht es mit dem Binnenschiff weiter, aber nur wenige Kilometer bis Langon, denn weiter flussaufwärts ist die Kapazität des Flusses zu gering. An der Garonne werden übrigens wegen fehlender Fischtreppen Lachse per LKW flussaufwärts zum Laichen transportiert.

Die Freycinet-Penischen

Der französische Politiker Charles Louis de Saulces de Freycinet (1828-1925) hatte Ende des 19. Jahrhunderts zahlreiche politische Ämter inne. Er war unter anderem Außenminister, Premierminister und Minister für öffentliche Arbeiten, Letzteres von 1877-1879. Er versuchte das französische Straßennetz zu erneuern, plante den Bau einer Transsahara-Bahn (das Projekt wurde zu den Akten gelegt, als eine Expedition, die die Streckenführung erkunden sollte, in der Sahara von den Tuaregs dezimiert wurde, was zum Rücktritt Freycinets führte) und setzte in der französischen Binnenschifffahrt eine Norm für den Ausbau von Kanälen und Schleusen durch. Das Normschiff - die Freycinet-Penische, war dabei 38.5 m lang und 5 m breit. Diese Maße definieren heute die wenig leistungsfähige Binnenwasserstraßenklasse I (Schiffe mit einer Tonnage von 250-400 Tonnen), die noch immer weite Teile des französischen Kanalnetzes ausmacht. Die Penischen (frz.: Péniche) werden allerdings auch mit der besonderen Atmosphäre französischer Wasserstraßen assoziiert. Auch in Deutschland sind Maßschiffe nach Personen benannt, so der Gustav Koenigs Schiffstyp (Wasserstraßenklasse 3), der nach einem Staatssekretär der Binnenschifffahrt (1882-1945), der im 2. Weltkrieg bei einem Luftangriff starb, benannt wurde.

Die Kanalbrücke

Die sehenswerte Kanalbrücke über die Loire bei Briare wurde bereits im 19. Jahrhundert gebaut, doch erst 1996

74

mit großem Pomp eingeweiht. Die Zeremonie der tatsächlichen Einweihung war aufgrund von Protesten von Kanalgegnern im 19. Jahrhundert auf unbestimmte Zeit verschoben worden. Das Monument entstand unter der Regie des Ingenieurs L.A. Mazyer, doch dadurch, dass die Firma Eiffel mit den Mauerarbeiten beauftragt war, stahl Eiffel Mazyer die Show und später wurde die Brücke als *Eiffels zweites Meisterwerk* nach seinem Turm in Paris angesehen. Im Zweiten Weltkrieg wurde die Brücke von der Armee gesprengt, jedoch später wieder aufgebaut.

Wilfred Owen und der Sambre-Oise-Kanal

Der Sambre-Oise-Kanal im Norden Frankreichs ist nur 71 km lang, hat aber 38 Schleusen. Nur kleine Boote können ihn befahren. Am Kanal ist eine Gedenktafel für Wilfred Owen angebracht. Wilfred Owen war Soldat im Ersten Weltkrieg und einer der bekanntesten britischen Kriegspoeten seiner Zeit. Am 4. November, eine Woche vor Kriegsende, versuchte seine Division, den Sambre-Oise-Kanal zu überqueren, als sie unter deutsches Maschinengewehrfeuer geriet. Owen starb am Kanal im Kugelhagel. Seine Eltern wurden am 11. November über seinen Tod informiert, dem Tag des Waffenstillstandes.

Der Canal de Bourgogne

Der 242 km lange Canal de Bourgogne wurde bereist im 16. Jahrhundert geplant, um den Atlantik über Yonne und Saône mit dem Mittelmeer zu verbinden, konnte jedoch erst 1832 eröffnet werden. Wegen großer Höhendifferenzen waren insgesamt 189 Schleusen und ein Schiffstunnel nötig. Durch den 3333 m langen Tunnel zogen sich die Boote eine Kette entlang. Später wurden Zugboote mit Dampfantrieb eingesetzt. Doch die Luft war dadurch im Tunnel trotz Lüftungsschächten so schlecht, dass ein Binnenschiffer einst im Tunnel erstickt sein soll.

Rhône und Saône

Die Rhône war im Römischen Reich nach dem Nil der am stärksten befahrene Fluss. Hannibal transportierte bei seinem Alpenfeldzug Elefanten auf ihr. Durch das starke Gefälle mussten Schiffe auf dem Rhône/Saône-Korridor flussaufwärts lange mit vielen Pferden getreidelt werden. Kein Wunder, dass hier die Lyoner Tourasse und Courteaut die Tauerei (Seilschifffahrt), den Vorläufer der Kettenschifffahrt, entwickelt haben und auf der Saône in Lyon 1820 einführten. Durch ihre Nord-Süd-Ausrichtung ist die Rhône zudem wichtige Orientierungslinie für europäische Zugvögel auf ihrem Weg in den Süden.

Straßburg und die Rheinschifffahrtskommission

Die Zentralkommission für die Rheinschifffahrt entstand nach dem Wiener Kongress 1815 und tagte erstmals 1816 in Mainz. 1861 zog die Rheinschifffahrtskommission nach Mannheim und bezog Räume des Mannheimer Schlosses. 1920 wurde der Sitz schließlich ins wieder französisch gewordene Straßburg verlegt und die Kommission fand im kaiserlichen Palais in den Gemächern von Wilhelm II. wieder standesgemäße Unterkunft.

Le Corbusiers Schleuse

In den fünfziger Jahren waren zwei Mitarbeiter der Wasserstraßenverwaltung Frankreichs so von den Schriften des Schweizer Architekten Le Corbusier begeistert, dass sie ihn einluden, im Elsass einen Kommandoturm und ein Verwaltungsgebäude für eine Schleuse zu entwerfen. Die 1962 fertig gestellten Bauwerke an der Schleuse Kembs stehen heute noch, gehören jedoch zu den weniger bekannten Gebäuden des berühmten Architekten. Der Turm folgt dabei den Proportionen von Le Corbusiers Modulor.

5.3 Großbritannien

In kaum einem anderen Land erlebte die Binnenschifffahrt ein solches Auf und Ab wie in Großbritannien. Hier begann die Industrialisierung bereits zu Zeiten, als es noch keine Eisenbahn gab. Entsprechend wichtig waren Kanäle. Da diese für sehr schmale Boote ausgelegt waren, konnten sie später gegenüber der Konkurrenz von Eisenbahn und Straße nicht bestehen und fielen zum großen Teil brach. Wachsendes Traditionsbewusstsein und zunehmender Freizeitverkehr führten jedoch Ende des 20. Jahrhunderts zu einer Wiederbelebung vieler britischer Kanäle für den Freizeitverkehr.

Canal Mania

Im 18. Jahrhundert, die Eisenbahn war noch nicht erfunden, beauftragte der Duke von Bridgewater (nachdem er den Canal du Midi besucht hatte) den Ingenieur James Brindley (1716-1772) mit dem Bau eines Kanals von einer ihm gehörenden Kohlegrube nach Manchester. Dieser 1761 eröffnete Bridgewater-Kanal war sofort ein kommerzieller Erfolg, denn durch Benutzungsgebühren amortisierte sich das investierte Kapital schnell und Gewinne fielen ab. Auch der Kohlepreis sank deutlich, was wiederum die Nachfrage anheizte. Dieser wirtschaftliche Erfolg führte in der Folge zu intensivem Bau von Kanälen, der so genannten *Canal Mania*. Heute gibt es sogar ein Spiel, das nach diesem Phänomen benannt wurde. Die Manie endete jedoch mit dem Aufkommen der Eisenbahn und es kam sogar zur *Canal Misery*. Viele der gebauten Kanäle wurden spätestens mit dem Aufkommen des LKW stillgelegt, denn sie waren nur für schmale Narrowboats ausgelegt und verfügten deshalb nur über eine geringe Kapazität. Heute werden manche dieser Kanäle für die Freizeitschifffahrt reaktiviert. Die Narrowboats haben in

Großbritannien eine eigene Gruppe von Liebhabern, ähnlich den Dampflokfans, gewonnen. Dazu beigetragen hat der Schriftsteller L.T.C Rolt, der nach einer Hochzeitsreise auf einem solchen 1944 ein Werk namens „Narrow Boat" veröffentlichte.rolt gebrauchte in seinem Buch auch den Begriff der Gongoozlers, Schaulustige, die den Binnenschiffsverkehr beobachten.

Die Gongoozlers

Narrowboats, aber auch besondere Infrastrukturattraktionen wie Schleusentreppen und Schiffshebewerke, ziehen in Großbritannien entsprechende Fans an, die *Gongoozlers* genannt werden. Gongoozlers sind für die Binnenschifffahrt das, was *train spotters* für den Schienenverkehr darstellen. Allerdings gibt es sie in dieser Form hauptsächlich in Großbritannien, weshalb es keinen entsprechenden deutschen oder französischen Ausdruck gibt. Bekannte Anziehungspunkte für Gongoozlers sind in Großbritannien das neue Schiffshebewerk von Falkirk in Schottland, die *Fradley Junction*, wo der Coventry-Kanal auf den Trent und Mersey-Kanal stößt und wo sich mittlerweile eine bei Gongoozlers beliebte Gaststätte (Swan Inn) und mehrere Läden angesiedelt haben und die *Foxton Locks*, eine Schleusentreppe am Grand Union Canal, die aus zweimal fünf Schleusen besteht.

Der Anderton Boat Lift

Das Schiffshebewerk von Anderton in Großbritannien wurde bereits 1875 erbaut und gilt als ältestes noch betriebenes Schiffshebewerk der Welt. Es diente anderen Schiffshebewerken als Vorbild und wurde auch `Cathedral of the Canals´ genannt. 1983 wurde das Hebewerk aufgrund von Korrosionsschäden stillgelegt, doch nach einer Restaurierung der Anlage wurde es im Jahre 2002 für den Freizeitbootverkehr wieder eröffnet.

Der Falkirk Boat Lift

Das Schiffshebewerk von Falkirk in Schottland ist das einzige der Welt mit rotierenden Kammern. Es wurde im Jahre 2002 durch Queen Elisabeth II. eröffnet. Mittlerweile hat es sich zu einer wichtigen Attraktion entwickelt. Mit einem Zuwachs von 48% war das Hebewerk im Jahr 2006 die britische Sehenswürdigkeit mit der größten Zunahme der Besucherzahl. Das Schiffshebewerk in Falkirk verbindet mehrere Kanäle im Korridor Glasgow-Edinburgh.

Noch weiter im Norden befindet sich in einem tektonischen Graben der Kaledonische Kanal (Caledonian Canal). Dieser verbindet die Ostküste Schottlands mit der Westküste über mehrere Seen, darunter der Loch Ness, durch das vermeintliche Monster der bekannteste See Schottlands. Der Kanal weist 29 Schleusen auf, darunter eine Schleusentreppe, die *Neptun's Staircase* genannt wird. Da der 1822 durch Thomas Telford erbaute Kanal wenig Tiefgang aufwies, fuhren allerdings die meisten Schiffe weiterhin um den Norden Schottlands herum. 1847 wurde er endlich vertieft, doch nun waren die Schiffe zu groß für den Kanal geworden und die Eisenbahn war als Konkurrenz aufgekommen. So hatte der Kanal nie viel Verkehr und dient heute hauptsächlich Freizeitschiffern.

◈ **Union Canal (Schottland)**

Der Union Canal verbindet die schottische Hauptstadt Edinburgh über den Forth and Clyde Canal mit der Industriestadt Glasgow. Als der Kanal unter der Aufsicht des Ingenieurs Hugh Baird 1818-1822 gebaut wurde, waren unter den Arbeitern die beiden späteren Serienmörder William Burke und William Hare. Auf diese beiden irischen Einwanderer gingen 17 Morde in Edinburgh zurück, die Leichen verkauften die beiden an einen Professor, der Anatomievorlesungen gab. Im Januar 1829 wurde sie schließlich für ihre Taten gehängt.

Der Manchester Schiffskanal

Die Nachbarstädte Manchester und Liverpool gelten in England als die schärfsten Rivalen, nicht nur im Fußball. So erklärt es sich auch, dass Manchester wie die Hafenstadt Liverpool danach trachtete, einen Anschluss ans Meer zu bekommen. So wurde 1894 schließlich der Manchester Ship Canal eröffnet (Beiname `Big Ditch`), über den Seeschiffe direkt in die Stadt gelangen konnten. Damals war Manchester die weltweit führende Textilstadt. Der Liverpooler Hafen verdankte seine Bedeutung früher wiederum teilweise dem Export von Salz (`Liverpool Salt`), welches in der Grafschaft Cheshire abgebaut und über den Mersey-Fluss in die Stadt transportiert wurde. Liverpool profitierte von der Versandung der Mündung des Dee-Flusses, an der der Konkurrenzhafen Chester lag.

Die Themse als 'Big Stink'

Im 19. Jahrhundert war die Themse in London durch ungeklärte Abwässer dermaßen verschmutzt, dass der Fluss übel zu riechen begann und den Spitznamen *Big Stink* bekam. Wegen der Gerüche musste damals sogar das am Fluss gelegene House of Commons geräumt werden.
☞ In London ist die Themse ein Gezeitenfluss und weist deshalb mit den Gezeiten schwankende Wasserstände auf.

Der Regent's Canal in London

Neben der Themse gab es in London noch den Regent's Canal-Wasserweg. 1874 explodierte am frühen Morgen des 2. Oktober auf diesem Kanal ein Frachtkahn, der Schießpulver transportierte. Es gab mehrere Tote, eine

Brücke wurde zerstört. Diese Brücke wird heute noch `Blow Up Bridge´ genannt.

Ron Wood und die Binnenschiffsfamilie

Der Rolling Stones-Gittarist Ron Wood wurde 1947 in London als Sohn einer Roma-Binnenschiffer-Familie (in England *water gypsies* genannt) geboren. Wood meinte später, seine Generation wäre die erste in der Familie gewesen, die auf dem Trockenen geboren wurde.

Händels Wassermusik

Ein weiterer Musiker mit Verbindung zu Booten ist Georg Friedrich Händel (1685-1759). Seine *Wassermusik* wurde dem englischen König Georg I. im Juli 1717 auf einer Lustfahrt auf der Themse von einem Orchester, das auf Booten folgte, vorgespielt. Der König war davon so angetan, dass er mehrere Stücke wiederholen ließ.

❖ Shakespeares Fluss

William Shakespeare wurde 1564 in Stratfort-upon-Avon geboren. Er wurde auch *sweet swan of Avon* (süßer Schwan Avons) genannt, der Avon umgekehrt auch *Shakespeare's river*. Die Schifffahrt auf dem oberen Avon, an welchem Stratfort liegt, wurde bereits im Jahre 1877 aufgegeben, während sie auf dem unteren Avon nie wirklich stillgelegt wurde. Nach dem 2. Weltkrieg versuchte man die Schifffahrtsbedingungen auf dem Avon zu verbessern. Auf dem unteren Flussabschnitt kam man schneller voran, der obere Flussabschnitt wurde wegen schwieriger Bedingungen erst im Jahre 1974 fertig. Immerhin liess es sich die Queen Mother Elisabeth Bowes dann nicht nehmen, den Ausbauabschnitt am Dichterfluss höchstpersönlich zu eröffnen.

5.4 Irland

Dublins Kanäle

Von Dublin aus führen mehrere Kanäle in den Westen Irlands. Auf ihnen wurden einst landwirtschaftliche Produkte in die Hauptstadt gebracht und verarbeitete Güter in die Provinz verteilt. Doch durch den Bevölkerungsrückgang und die Konkurrenz von Schiene und Straße ging das Güterverkehrsaufkommen nach dem Zweiten Weltkrieg immer weiter zurück, so dass der Güterverkehr 1960 eingestellt wurde. Heute wächst die Bedeutung der Kanäle wieder durch den zunehmenden Freizeit-Bootsverkehr.

Der Grand Canal und das Bier

Der von Dublin aus nach Westen führende, 1804 eröffnete Grand Canal gilt heute als der Kanal in Europa, der die bedeutendsten noch erhaltenen Bauwerke für den Binnenschiffspersonenverkehr aufweist. Die Kanalgesellschaft besaß einst zum Beispiel fünf Hotels für Kanalpassagiere. Das ehemalige Kanalhotel in Portobello in Dublin beherbergt heute eine Bildungseinrichtung, ein anderes in Robertstown dient mittlerweile als Gemeindezentrum.
Der Grand Canal durchquert zudem den zentralirischen, fast 1000 km^2 großen *Bog of Allen*, einst eine große Herausforderung für den Kanalbau und heute das wichtigste irische Torfabbaugebiet.
☞ Das letzte Frachtschiff, das den Kanal im Jahre 1960 befuhr, beförderte Kegs- kleine Guinness-Bierfässer.

❖ Der Royal Canal als Konkurrenzprojekt

Der Royal Canal wurde von einem ehemaligen Direktor des Grand Canals gebaut, der unzufrieden war, weil er seine Vorstellungen nicht durchsetzen konnte. So entwickelte er den Royal Canal als Konkurrenzprojekt. Dieser

Kanal hatte aber von Anfang an weniger Verkehr als der Grand Canal. Einige Jahrzehnte nach seiner Fertigstellung im Jahr 1817 erwarb die Midland Great Western Railway den Kanal, um ihn stillzulegen und an seinen Ufern eine Bahnlinie zu bauen. Dieses Vorhaben wurde jedoch letztlich nicht verwirklicht. Dennoch ging der Kanalverkehr, der in den 1840er Jahren noch bei über 100 000 Tonnen und 50 000 Passagiere pro Jahr lag, immer mehr zurück und bereits in den 1950er Jahren war derVerkehr auf dem Royal Canal fast zum Stillstand gekommen.

◈ Der Royal Canal und Hamiltons Eingebung

Im Oktober 1843 spazierte der irische Mathematiker Sir William Rowan Hamilton mit seiner Frau den Royal Canal in Dublin entlang, als er plötzlich eine Eingebung hatte und ihm eine Formel für die Multiplikation von Quaternion-Zahlen kam und die deshalb heute auch Hamilton-Zahlen genannt werden. Von seiner Entdeckung elektrisiert, ritzte Hamilton die Multiplikationsregeln spontan in den Stein der Broom Bridge. Eine Gedenktafel an der Brücke über den Kanal erinnert noch heute an das mathematisch bedeutsame Ereignis.

Dublin und das Custom House

An der Fassade des klassizistischen Zollgebäudes Custom House am Fluss Liffey in der östlichen Innenstadt Dublins symbolisieren 14 Figuren die wichtigsten Wasserwege Irlands - die 13 wichtigsten Flüsse des Landes und das Meer. 12 der Figuren sind männlich, nur die Liffey selbst gilt als weiblicher Fluss. In Deutschland sind die meisten Flüsse weiblich, vor allem sanft fließende in Norddeutschland. Die eher wilden Alpenflüsse Oberbayerns sind jedoch meist männlichen Geschlechts.

Der Telemarkkanal - das `achte Weltwunder´

Der Telemarkkanal in Südnorwegen wurde 1892 fertig gestellt und galt damals als `achtes Weltwunder´. 500 Arbeiter hatten ihn in nur 5 Jahren ohne Maschinen gebaut. Der Schifffahrtsweg ist 105 km lang, führt durch zahlreiche Seen und hat 18 Schleusen. Da die Region ein wichtiger Holzproduzent war, diente der Kanal vor allem der Flößerei. Er war lange Zeit der letzte Kanal Europas, auf dem noch geflößt wurde. Im südlichen Teil des Kanals wurde die Flößerei sogar noch bis 2006 betrieben. Heute hat der Kanal nur noch touristische Bedeutung.

Der Göta-Kanal - das blaue Band Schwedens.

Der Göta-Kanal wurde 1832 eröffnet und hatte unter anderem das Ziel, den in Helsingör (dort ist der Öresund nur 4 Kilometer breit) an die Dänen fälligen Sundzoll zu vermeiden. Kurz nach seiner Fertigstellung fiel jedoch der Sundzoll weg und auch die Eisenbahn kam auf. Deshalb, und durch die winterliche Vereisung, erlangte der Kanal nie eine wichtige wirtschaftliche Bedeutung. Um den Bau des Kanals technisch zu unterstützen, wurde im Ort Motala eine Ingenieurwerkstatt eingerichtet, die *Motala Verkstad*. Diese galt später als „Wiege des schwedischen Ingenieurwesens". Berühmte Reisende auf dem Kanal waren unter anderem Henrik Ibsen und Hans Christian Andersen. Heute dient der Kanal dem Tourismus und dem Freizeitbootverkehr (die 91 km des Göta-Flusses werden jedoch noch im Güterverkehr genutzt). Er wird auch als das *„Blaue Band Schwedens"* bezeichnet. Ein anderer Beiname ist jedoch `Scheidungskanal´, denn im Freizeitbootsverkehr behagt die dort übliche Rollenverteilung - der Mann steuert das Boot, die Frau bedient die Schleusen - nicht jedem Ehepaar.

Trolhättan und der Wasserfall

Für die Schifffahrt auf dem Göta-Fluss waren einst die Trollhättan-Wasserfälle ein unüberwindliches Hindernis. Auch das schwedische Universalgenie Christopher Pollem scheiterte im 18. Jahrhundert an der Aufgabe, den Flussabschnitt durch Schleusen schiffbar zu machen. Erst um 1800 gelang der Bau einer Schleusentreppe. Das Wasser der Fälle wird heute zudem durch Kraftswerksturbinen geleitet. Die auch in Deutschland tätige Energiefirma Vattenfall (Wasserfall) ist nach dem Trollhättan-Wasserfall benannt und hat in dieser Region ihren Ursprung. Im Sommer lässt Vattenfall die Tore zu den Fällen mehrmals pro Woche öffnen, wodurch sich Touristen kurzzeitig ein spektakuläres Schauspiel der die Fälle runterrauschenden Wassermassen bietet.

☞ In Trollhättan werden übrigens die Autos der Marke Saab produziert. Die Stadt ist auch Standort der Filmindustrie und hat deshalb den Spitznamen *Trollywood*.

Göteborg und der Käsehobel

Göteborg ist keine besonders alte Stadt, sie wurde erst 1619 von König Gustav Adolf II. gegründet. Die Bedeutung der Stadt wuchs, als sich die Handelsströme von der Ostsee immer mehr nach Westen und damit zur Nordsee verlagerten. Niederländer spielten bei der Stadtentwicklung eine wichtige Rolle und die Innenstadt wies einst zahlreiche Grachten auf. Noch heute sind Kanäle erhalten, die in Bootsrundfahrten einbezogen werden. Doch auf dem Weg in den Hafen muss manche niedrige Brücke unterquert werden. Bei einer dieser Brücken müssen die Touristen ganz besonders die Köpfe einziehen, vor allem bei hohem Wasserstand. Sie wird deshalb *cheese slicer* (*Käsehobel*) genannt.

Der Saimaa-Kanal

Der 1845-1856 erbaute Saimaa-Kanal zwischen Lappeen-
ranta und Vyborg verbindet den finnischen Saimaa-See
mit der Ostsee. Nach dem Zweiten Weltkrieg musste
Finnland Gebiete abtreten und die Hälfte des Kanals mit
der Ostseemündung lag nun in der Sowjetunion. Im Jahre
1963 schlossen Finnland und die Sowjetunion einen
Vertrag ab, wonach der Kanal auf sowjetischer Seite für
50 Jahre an die Finnen verpachtet wurde. Da die Pachtzeit
schon in wenigen Jahren abläuft, ist Finnland derzeit mit
Russland in Verhandlungen, die Laufzeit des Vertrages zu
verlängern.

Lettland und die Düna

Die durch Lettland und dessen Hauptstadt Riga fließende
Düna (lettisch: Daugava) war einst ein wichtiger, schon
von den Wikingern genutzter Transportweg ins russische
Hinterland. Doch hat im 20. Jahrhundert der Bau von
Flusskraftwerken die Schifffahrt beeinträchtigt. Mit dem
Zerfall der Sowjetunion ging zudem der Güterverkehr
zunächst zurück und das verbleibende Aufkommen konnte
leicht auf der flussparallel verlaufenden Bahnlinie
befördert werden. Lettland weist deshalb heute keinen
nennenswerten Binnenschiffsverkehr mehr auf. Nur noch
die Flusslegenden erinnern an die Bedeutung der Düna.
Eine besagt, dass der Teufel alle 100 Jahre aus dem Fluss
steigt, um zu fragen, ob Riga schon fertig gebaut sei.
Hieße die Antwort ja, würde Riga im Fluss versinken.
Zudem soll der Held des lettischen Nationalepos Lac-
plesis, der Bärentöter, bei einem Zweikampf im Fluss
versunken sein. Der Legende nach hat überdies der `Große
Christoph´, als er das Jesuskind durch den Fluss trug, in
der Düna einen Goldklumpen gefunden und daraus die
Stadt erbaut. Eine Statue von ihm steht am Flussufer und
beschützt Riga vor den Fluten.

5.6 Polen

Trotz etlicher schiffbarer Flüsse und Kanäle hat die Binnenschifffahrt in Polen heute eine nur geringe Bedeutung. Zu Zeiten der Planwirtschaft hatte die Eisenbahn Vorrang und heute hat der Ausbau der verstopften Straßen Priorität. Mittlerweile wehren sich auch Umweltschützer gegen den Ausbau der Flüsse, denn diese gelten mit ihren unverbauten Ufern und wenigen Schleusen noch als relativ naturnah. Die Flüsse sind zudem eher wasserarm, leiden im Winter teilweise unter Vereisung und Durchfahrtshöhen unter Brücken wurden bisher nicht angehoben.

☞ Nachts ruht der Binnenschiffsverkehr in Polen ganz, denn es fehlt an entsprechender Signalinfrastruktur, die Verkehr in Dunkelheit ermöglichen würde.

Kazimierz

Kazimierz war im 17. und 18. Jahrhundert ein wichtiger Weichselhafen. Hier wurde polnisches Getreide für den Export über die Ostseehäfen verschifft. Zahlreiche Speichergebäude zeugen noch heute von der einstigen Bedeutung der früher auch Klein-Danzig genannten Flusshafenstadt. Doch Überschwemmungen, Epidemien und Kriege ließen die Stadt verarmen und die Eisenbahn nahm dem Flusshafen seine Bedeutung, so dass Kazimierz im 19. Jahrhundert wieder zu einem Dorf geworden war. Später entdeckten Künstler die idyllisch auf einer Weichselterrasse gelegene Stadt für sich.

Warschau und das Canalettobild

Auch bei Warschau ist die Weichsel schiffbar. Der Stadtkern von Warschau selbst liegt auf einem Weichsel-kliff. Der Hafen von Warschau, Port Praski, hat heute nur noch geringe Bedeutung für den Güterverkehr. Es gibt deshalb Pläne, aus dem Hafen ein Wohnviertel zu machen. Auch sonst sind in Warschau nur wenige Schiffe zu sehen. Dass dies einst anders war, zeigt ein Bild des venezianischen Malers Bernardo Bellotto (1712-1780), der Canaletto genannt wurde und in Warschau starb. Auf seiner Stadtansicht mit Weichsel sind Segelschiffe, Schiffsmühlen und Boote des Hofstaates zu sehen.

☞ Da die Weichsel die wichtigen polnischen Städte Krakau, Warschau und Thorn miteinander verbindet und durch den historischen Kernraum des Landes führt, wird sie auch der *polnischte aller Flüsse* genannt.

Der Oberländische Kanal

Der Oberländische Kanal wurde 1844 bis 1858 vom preußischen Baurat Georg Steenke erbaut. Er überwindet 99 Meter Höhenunterschied und verbindet mehrere Seen. Das besondere an ihm sind die geneigten Ebenen, die zur Höhenüberwindung dienen. Dabei werden Schiffe auf Schienenwagen verladen und mittels einer Standseilbahn oder eines Schrägaufzuges zum nächsten Gewässer befördert. Durch seine geringe Kapazität und den aufkommenden Schienenverkehr hatte der Kanal nur kurz Bedeutung im Güterverkehr. Heute ist er jedoch eine Touristenattraktion, Touristenschiffe befahren die Schienenstrecke und der Kanal wurde in die UNESCO-Liste des Weltkulturerbes aufgenommen.

Der Augustow-Kanal

Der 101 km lange Augustow-Kanal im Nordosten Polens (etwa 20 km verlaufen in Weißrussland) gilt als herausragendes Beispiel polnischer Ingenieurskunst im frühen 19. Jahrhundert. Er wurde gebaut, weil Preußen damals die Weichselmündung kontrollierte, und sollte Teil eines geplanten alternativen Wasserweges bis ins heutige Lettland werden. Der südfranzösische Canal du Midi galt als

Vorbild. Im 19. Jahrhundert verkehrten hier vor allem Schiffe mit polnischem Salz nach Litauen, später wurde auf ihm Holz geflößt. Durch den Bau von Eisenbahnstrecken verlor er bald an Bedeutung. Heute wird sein Freizeitwert, er verbindet zahlreiche Seen und eignet sich für Kajaktouren, immer mehr entdeckt. Sein Erhaltungszustand ist sehr gut. Er gilt als Industriedenkmal und ist Anwärter für die UNESCO-Liste des Weltkulturerbes.

Lodz - das Boot

Lodz galt wegen seiner Textilindustrie einst als polnisches Manchester. Binnenschifffahrt gab es hier jedoch nie. Durch die Stadt flossen nur kleinere Flüsse, von denen heute nichts mehr zu sehen ist, da sie in der Industrialisierung unter die Erde gelegt wurden. Was jedoch nur wenige außerhalb Polens wissen: Lodz (im Polnischen `Wudsch´ ausgesprochen) heißt `das Boot´ und ein Boot ziert auch das Wappen der Stadt.

Die Kaiserfahrt

Die im Deutschen `Kaiserfahrt´ genannte Wasserstrecke, wird von den Polen `Piastenkanal´ genannt. Dieser verbindet die Swine südlich der polnischen Hafenstadt Swinemünde mit dem Stettiner Haff. Die 12 Kilometer lange Wasserstraße wurde 1875-1890 erbaut, um den schwer befahrbaren östlichen Lauf der Swine zu umgehen. Dadurch wurde die Schifffahrt zwischen der Ostsee und Stettin begünstigt, was zum wirtschaftlichen Aufstieg der Hafenstadt beitrug. Gleichzeitig führte der Bau des Kanals zu einem Niedergang Swinemündes, da die Waren nicht mehr dort umgeladen werden mussten. Durch den Bau des Kanals wurde ein östlicher Teil der Insel Usedom mit dem Dorf Kaseburg (Karsibor) abgetrennt. Andererseits wurde dieser zur Insel gewordene Teil Usedoms durch eine Brücke mit der Insel Wollin verbunden.

5.7 Tschechische Republik

Die Karlsbrücke in Prag

Nachdem die erste Prager Steinbrücke über die Moldau, die Judithbrücke, bei der Jahrtausendflut 1342 eingestürzt war, wollte man mit der neuen Brücke auf Nummer sicher gehen. Man wählte die Steinerne Brücke von Regensburg als Vorbild, die damals schon 200 Jahre auf dem Buckel hatte. Zudem ließ sich Kaiser Karl IV von einem Astrologen das beste Datum für den Beginn des Baus der Brücke errechnen: es war der 9. Juli 1357 um 5:31. Man glaubte auch die Haltbarkeit zu verbessern, indem man dem Mörtel Eier beimischte. Dazu gibt es folgende Anekdote: Kaiser Karl befahl, aus dem ganzen Reich Eier heranzuschaffen. Viele Städte lieferten Eier, darunter auch die Bürger von Rakovnik. Doch als die Maurer die Eier aufschlugen, um sie mit dem Mörtel zu verrühren, mussten sie feststellen, dass diese hart gekocht waren. Die Einwohner von Rakovnik wollten eben sicher gehen, dass die Eier unterwegs nicht zerbrachen.

Das schwimmende Obdachlosenheim

Nach der Wende begann der Pragtourismus schnell zu boomen und da es an Hotels mangelte, wurden Hotelschiffe am Ufer der Moldau verankert. Heute gibt es genug Hotels, doch es fehlt in der Stadt an einem Obdachlosenheim. Da keines der Stadtviertel ein solches auf seinem Gebiet haben wollte, kam man schließlich wieder auf die Schiffslösung. Seit Sommer 2007 können auf einem Moldauschiff Obdachlose für weniger als einen Euro übernachten.

Die Moldau muss übrigens nicht nur Obdachlose aufnehmen, sondern auch die Meeressehnsucht eines Binnenlandes befriedigen. Die Moldau hat deshalb den Beinamen

`Böhmisches Meer´. Später kam der Lipno-Stausee im Süden des Landes zudem zum Beinamen `Südböhmisches Meer´.

Der Schwarzenbergsche Schwemmkanal

Der Schwarzenbergsche Schwemmkanal überwand die Moldau-Donau-Wasserscheide durch einen künstlichen Wasserweg von der Großen Mühl im österreichischen Mühlviertel Richtung Moldau im Böhmerwald. Mit dem Kanalbau wurde 1789 begonnen. Der Hangkanal auf böhmischer Seite ist eine ingenieurtechnische Meisterleistung und galt im 19. Jahrhundert als `achtes Weltwunder´. Über den Kanal wurde vor allem Holz transportiert bzw. geschwemmt. Der Denkmalschutz hat sich in den letzten Jahren in beiden Ländern um einen Erhalt der Überbleibsel bemüht.

Der Bata-Kanal

Der Bau des Bata-Kanals (benannt nach dem tschechischen Schuhmagnaten Thomas Bata) in Südmähren unweit des Flusses March in den 1930er Jahren hatte mehrere Gründe. Er sollte der Bewässerung aber auch dem Güterverkehr dienen und die von der Bata-Familie dominierte Schuhstadt Zlin anschließen. Zudem sollte er als Teil einer angedachten Verbindung Oder-Donau dienen und damit die damalige Tschechoslowakei mit der Nordsee und dem Schwarzen Meer verbinden. Doch bald nach der Fertigstellung 1938 brach der Krieg aus und in der Nachkriegszeit wurde der Kanal nur noch bis 1960 für den Güterverkehr genutzt. Seither verfielen die Anlagen. Doch in den 90er Jahren verhalfen EU-Gelder dem Kanal aus dem Dornröschenschlaf. Er wurde für die Freizeitschifffahrt hergerichtet und sieht heute Touristenboote und Freizeitkapitäne.

5.8 Ungarn, Slowakei und Ex-Jugoslawien

Budapest - die Donaustadt

Während Wien der Donau eher den Rücken zukehrt, ist keine andere Donaumetropole so mit dem Fluss verwachsen wie Budapest, eine Art Hauptstadt der Donau. So wurde schließlich nach dem Zweiten Weltkrieg der Sitz der Donaukommission von der rumänischen Donaumündungsstadt Sulina, die durch das Wachsen des Donaudeltas mittlerweile 2 km vom Schwarzen Meer entfernt liegt, nach Budapest verlegt.

In Budapest gab es im 19. Jahrhundert sogar mit 2000 Beschäftigten die größte Binnenwerft Europas. Auf einer Donauinsel in Buda (das frühere Ofen), später mit Pest zu Budapest vereinigt, hatte die Erste Donau-Dampfschifffahrtsgesellschaft einst eine Binnenwerft.

Die Theiß

Die Theiß in Ungarn ist der längste Nebenfluss der Donau und galt einst als fischreichster Fluss Europas. Wegen der mitgeführten Sandpigmente hat der Fluss auch den Beinamen `blonder Fluss´. Heute ist der Fluss reguliert und begradigt. Im Jahre 1879 gab es eine schwere Überschwemmungskatastrophe (in Ungarn als das 'Grosse Wasser' bezeichnet) in Szeged. Deiche brachen und die Innenstadt wurde völlig zerstört. Spenden trafen aus ganz Europa ein und so wurden die Straßen der Innenstadt nach den Spenderstädten benannt.

☞ Der gewundene Lauf des Flusses wird mit einer Legende erklärt. Gott nutzte einen Esel, um die Furche für den Fluss zu ziehen. Doch der Esel graste mal hier und mal dort, um an Futter zu kommen. So folgten Furche und Fluss schließlich ebenso diesen Schlangenlinien. Im 20. Jahrhundert wurde der Fluss schließlich nördlich von Szeged zum zweitgrößten See Ungarns aufgestaut.

Die Waag

Die slowakische Waag ist heute nur im Unterlauf schiffbar, hatte im Oberlauf jedoch einst eine wichtige Bedeutung für die Flößerei. Wie in Südbayern und entlang des Rheins war auch einst in der waldreichen Slowakei die Flößerei bedeutsam, mit der Holz bis in die ungarische Metropole Budapest gebracht wurde.

Ljubljanas einstiger Hafen

Die durch Ljubljana fließende Breg wird auch *Fluss mit sieben Namen* genannt. Denn der Fluss verschwindet in der karstigen Landschaft Sloweniens mehrere Male, um unter anderem Namen wieder aufzutauchen. Vor dem Bau der ersten Eisenbahn war er eine wichtige Transportachse der Stadt, der Zentralmarkt der Stadt findet sich noch heute direkt am Flussufer. 10 Kilometer nördlich von Ljubljana fließt die Breg in die Save. Die Breg trat bis Anfang des 20. Jahrhunderts auch in Ljubljana oft über die Ufer, bevor sie teilweise kanalisiert wurde. Der berühmte slowenische Architekt Plecnik legte das Breg-Ufer mit zahlreichen Brücken an.

Belgrad - die Flüssestadt

Belgrad (röm.: Singidunum) war lange Grenzstadt, u.a. zwischen Römischen Reich und dem Gepidenreich, Ostrom und Westrom und später dem Osmanischen Reich und Österreich-Ungarn. Dies hängt mit seiner zentralen Lage im Flüssenetz Südosteuropas zusammen. Die Stadt selbst liegt am Zusammenfluss von Save und Donau. Etwa 50 Kilometer nördlich von Belgrad fließt die Theiß in die Donau und wenige km östlich sind es Timis und Morava. Die Verbindung der weitgehend in Ungarn verlaufenden Theiß mit der Donau läuft so über Serbien, ebenso die Verbindung der eher kroatischen Save mit der Donau.

Vukovar

In Kroatien gibt es deshalb Pläne, die Donau bei Vukovar über einen 61 km langen Kanal, der 600 Millionen Euro kosten würde, direkt mit dem kroatischen Hafen Samac an der Save zu verbinden. Diese würde aber wertvolle Naturlandschaften beeinträchtigen, wie Umweltschützer monieren. Die Save bildete übrigens lange die Grenze zwischen Österreich-Ungarn und dem Osmanischen Reich. Der Hafen der im Jugoslawienkrieg stark zerstörten Stadt Vukovar hat schon bessere Zeiten gesehen. Die Webseite des Hafens gibt eine ehrliche Bestandsaufnahme:

"The Port of Vukovar started once again in the year 1998. From zero, after reintegration of the city in the Croatian economic and geographical territory, and in the meantime all of the major customers found alternative transport routes, business can be described in one word as hard."

Die Save (Sava)-Kommission

Die frühen 90er Jahre brachten einen schmerzvollen Zerfall Jugoslawiens mit sich, einschließlich mehrerer Kriege zwischen und innerhalb ehemaliger Teil-Republiken. Doch Zuschauer des Eurovision Song Contests sind immer wieder erstaunt, wie großzügig die Nachfolgestaaten sich gegenseitig Punkte zuschanzen. Relativ gut ist das gegenseitige Verhältnis der neuen Staaten auch, was die Gründung von Flusskommissionen betrifft. Im Jahre 2002 wurde mit Sitz in Zagreb die Internationale Save (Sava)-Kommission gegründet. Im März 2007 wurde schließlich die Drina-Kommission gegründet, obwohl nur 2 Staaten (Bosnien-Herzegowina und Serbien) an diesen Fluss grenzen. Die Drina bildete übrigens nach der Teilung des Römischen Reiches die Grenze zwischen Westrom und Ostrom und teilt noch heute katholischen vom orthodoxen Glauben (später kam auf dem Balkan noch der Islam dazu).

5.9 Rumänien

Adah Kaleh

Adah Kaleh war einst eine von Türken bewohnte kleine Insel in der Donau am Eisernen Tor. Die Insel war etwa 1.8 km lang und höchstens 500 Meter breit und wechselte mehrfach zwischen dem Osmanischen Reich und Österreich-Ungarn. Die Österreicher bauten hier bereits 1669 eine Festung. 1789 wurde sie nach einem Friedens-vertrag dem Osmanischen Reich zugeschlagen, 1878 kam sie zu Österreich-Ungarn, blieb aber Eigentum des türkischen Sultans. Die Einwohner mussten weder Steuern noch Zölle zahlen und wurden auch nicht zur Armee eingezogen. Nach dem Ersten Weltkrieg, als Österreich-Ungarn aufgelöst wurde, entschieden sich die Einwohner für Rumänien. Auf der Insel gab es eine Moschee und eine bekannte Tabakfabrik. Doch im Jahre 1970 wurde das riesige Wasserkraftwerk am Eisernen Tor gebaut und die Insel dabei überflutet. Den Einwohnern wurde die Wahl gestellt auf die Simiam-Insel umzusiedeln oder in die Türkei auszuwandern, was viele dann auch taten.

Drobeta Turnu Severin

Diese rumänische Donaustadt ist nach dem Römer Septimus Severin benannt, der hier eine Festung errichten ließ. Eine noch bedeutendere Bauleistung war jedoch eine 1000 Meter lange Brücke, die der Feldherr Trajan im Jahre 101 über die Donau bauen ließ. Sein griechischer Architekt lenkte die Donau in kleine Kanäle um, so dass 20 steinerne Sockel fest in den Grund verankert werden konnten. Die Sockel wurden mit 19 Brückenbögen aus Holz überspannt und an beiden Enden von Triumphbögen eingerahmt. Über diese Brücke marschierten die römi-schen Soldaten in eine Schlacht, bei der der Dakerkönig Decebal, dessen Gesicht in eine Felswand des Eisernen

Tores modelliert wurde, getötet wurde. Noch heute sind Reste der Pfeiler auf beiden Seiten der Donau zu sehen. Bei Niedrigwasser sollen angeblich auch im Flussbett Pfeilerreste zu erkennen sein. Wie fortschrittlich das Verkehrswesen bei den Römern war erkennt man auch aus der Tatsache, dass es heute, 1900 Jahre später, nur eine Donaubrücke zwischen Rumänien und Serbien und auch nur eine nach Bulgarien gibt. Mit EU-Geldern soll eine zweite Donaubrücke zwischen Rumänien und Bulgarien bei Vidin entstehen.

Der rumänische Todeskanal

Erste Pläne zum Bau eines Donau-Schwarzmeerkanals bei Konstanza gab es bereits in der ersten Hälfte des 19. Jahrhunderts. Nach dem Aufkommen der Eisenbahn wurde das Projekt aufgegeben, doch 1927 legte ein rumänischer Ingenieur ein neues Projekt vor. Jedoch wurde erst nach dem Krieg mit dem Bau des 64 km langen Kanals begonnen. Dieser soll zwischen 1949 und 1953 40 000 vor allem politischen Gefangenen und vielen Angehörigen ethnischer Minderheiten, darunter viele Ungarn, das Leben gekostet haben. Er wird deshalb auch *Todeskanal* (Canalus Mortii) genannt. Nachdem der Bau in den fünfziger Jahren aufgegeben wurde, ließ der Diktator Ceaucescu 1973 die Arbeiten wieder aufnehmen. Allerdings wurde bei Konstanza eine leicht südlichere Trassenführung gewählt. 1984 wurde der Kanal eröffnet. Er galt als einer der unwirtschaftlichen `weißen Elefanten´ Ceaucescus, besitzt aber heute eine gewisse Nützlichkeit, denn der Umschlag des Seehafens von Konstanza wächst in den letzten Jahren deutlich. Nach der Fertigstellung folgten Pläne, Bukarest mit der Donau zu verbinden. Ceaucescu wurde aber gestürzt, bevor dieses Projekt angegangen werden konnte.

5.10 Spanien und Portugal

Die Halbinsel ohne Binnenschiffe

Heute gelten Portugal und Spanien als Länder ohne Binnenschiffsverkehr. Doch in Spanien gab es einst Ebroschifffahrt und mehrere Kanäle und den Unterlauf der großen Flüsse Portugals befuhren kleinere Boote. Doch Staudämme, Wassernutzung für Bewässerung zusammen mit sommerlicher Trockenheit und vor allem konkurrierende Verkehrsträger wie Straße und Schiene führten zum weitgehenden Verschwinden des niemals umfangreichen Schiffsverkehrs.

In Portugal war der Guadiana einst etliche Kilometer ins Hinterland schiffbar. Doch in den neunziger Jahren wurde ein Staudamm gebaut, der einen der größten Stauseen Südeuropas geschaffen hat. Auf diesem Stausee findet heute Ausflugsschifffahrt statt.

Auch der Douro, der weniger an Trockenheit leidet als weiter südlich verlaufende Flüsse der iberischen Halbinsel, hatte einst ganzjährig Schiffsverkehr (bis zur spanischen Grenze ist er schiffbar). Doch viele Staudämme behindern heute die Schifffahrt, so dass diese im Güterverkehr, abgesehen von wenigen Kilometern um die Stadt Porto, gänzlich an Bedeutung verloren hat. Auf dem Tejo wiederum gab es einst lebhaften Fährverkehr. Doch neue Brücken haben dessen Bedeutung verringert.

Der Guadalquivir

Der andalusische Fluss Guadalquivir (sein Name stammt aus dem Arabischen, Wad al Kebir bedeutet großer Fluss) ist bis Sevilla schiffbar (kleinere Boote können bis Cordoba fahren). Sevilla hat somit heute den einzigen Flusshafen Spaniens. Sevilla war einst ein wichtiger Hafen und Ausgangspunkt der Seereise von Christoph Kolumbus nach Amerika. Da Lateinamerika von Südspanien aus besiedelt wurde, ähnelt das Spanisch, das dort gesprochen wird, der in Andalusien gesprochenen Variante.

Der Kanal von Aragon

Als in Frankreich der Canal du Midi gebaut wurde, wollte man auf der spanischen Seite der Pyrenäen nicht nachstehen und entwarf das Projekt eines Kanals von Aragon, der den Ebro flussaufwärts schiffbar machen sollte. Eine Verbindung des Atlantiks mit dem Mittelmeer wurde aber aufgrund des unüberwindbaren kantabrischen Gebirges nicht erwogen. Doch das Projekt kam ins Stocken und der Kanal wurde nie vollendet. Noch älter ist der Kanal von Tauste, der nördlich von Zaragoza und parallel zum Ebro durch die Stadt Tauste floss. Die Bauarbeiten für diesen Kanal, der hauptsächlich der Bewässerung diente, begannen im Jahr 1504, er gilt damit als einer der ältesten Kanäle Europas. Was den Ebro betrifft, gibt es nur noch im Ebrodelta eine begrenzte (Freizeit)-Schifffahrt. In Zaragoza fand 2008 eine Weltausstellung an einer Flussschleife des Ebro statt, doch Bootsverkehr scheiterte zur Expo an Wassermangel.

Der Kanal von Kastilien

Von Valladolid bis zum Fuße des Kantabrischen Gebirges verläuft der 207 km lange Canal de Castilla (Kanal von Kastilien). Dieser Kanal wurde zwischen 1753 und 1849 erbaut und sollte die Getreidetransporte zu den nordspanischen Häfen erleichtern, Getreidemühlen antreiben und der Bewässerung dienen. Mit dem Bau der Eisenbahn ging der Verkehr stark zurück, doch bis 1959 wurde der Kanal für den Transport landwirtschaftlicher Güter vor allem nach Valladolid genutzt. Doch die relativ kleinen Boote mit ihrer niedrigen Kapazität konnten gegenüber der Straßenkonkurrenz letztlich nicht bestehen. Der Y-förmige Kanal ist heute zu einem wichtigen Naturraum geworden.

5.11 Italien und Griechenland

Brunelleschis Boot

Mit dem Bau des Florentiner Doms wollten die Medici die wachsende Macht der Stadt demonstrieren. 1368 einigte man sich auf ein Modell, das für die nachfolgenden Architekten verbindlich sein sollte. Eine Kuppel von 40 m Durchmesser war vorgesehen, doch wie man diese konstruieren sollte, wusste niemand. So vergingen weitere 50 Jahre bis 1428 ein Wettbewerb zur Lösung dieser Aufgabe ausgerufen wurde. Den Zuschlag erhielt der Goldschmied Filippo Brunelleschi. Er konstruierte einen neuen Lastenaufzug und entwarf einen neuen Kran. Doch es gab auch Rückschläge. Er konstruierte ein floßähnliches Schiff, mit dem er riesige Marmorblöcke den Arno hinauf transportieren wollte, doch es kenterte. Für dieses Schiff hatte Brunelleschi übrigens das erste Patent der Technikgeschichte bekommen. 1431 wurde Brunelleschi verhaftet, doch später ließ man ihm wieder freie Hand, da nur er das Bauwerk vollenden konnte. Die Kuppel wurde 1436 eingeweiht und Brunelleschi wurde zu einem Star der Architektur.

Der Naviglio Grande

Dieser älteste Kanal Mailands wurde bereits 1177-1257 gebaut, er bezieht sein Wasser aus dem Tessin. Er ist 50 km lang und führt zum Lago Maggiore. Über ihn wurden einst Marmorblöcke transportiert, die zum Bau des Mailänder Doms benötigt wurden. Einst gab es in Mailand sogar einen Domhafen, der nur 250 m von der Kathedrale entfernt war, er wurde jedoch 1857 zugeschüttet. Der Haupthafen Mailands, Darsena, hatte dagegen um 1830 noch einen Umschlag von 350 000 Tonnen und damit damals mehr als Köln. Noch in den 1950ern war er unter den 13 größten italienischen Häfen. In den 1960er Jahren wurde jedoch der Güterverkehr auf dem Naviglio Grande und in Mailand eingestellt. Ein zweiter Kanal, der Naviglio Pavese, verbindet Mailand über Pavia mit dem Fluss Po. Napoleon I. ließ ihn 1805 vollenden, er hat jedoch heute keine Bedeutung für die Schifffahrt. Und schließlich besteht seit 1919 ein Projekt einer Verbindung über den Addafluss nach Cremona. Doch die entsprechende Kanalgesellschaft wurde im Juni 2000 liquidiert.

Der Po und das U-Boot

Der Flusstourismus in Europa nimmt laufend zu. Doch vom Po wurden bereits etliche Fahrgastschiffe abgezogen und zum Rhein und zur Donau verlagert, da durch den Klimawandel und sommerliche Rekordtemperaturen der Wasserstand des Pos für die Schifffahrt immer unzureichender wird. Auch für den Güterverkehr ist die Bedeutung des Flusses heute gering. Doch manchmal werden noch sperrige Güter wie Turbinen auf dem Po befördert. Im Jahr 2001 war es ein spezielles Transportgut. Das 340 Tonnen schwere italienische U-Boot Toti sollte von einem Hafen in Sizilien in ein Museum in Mailand gebracht werden. Zuerst schwamm es die Adria entlang, dann über den Po bis zum Flusshafen Cremona. Von dort ging es erst 2005 weiter - mit Sattelschleppern und nachts im Ferienmonat August. Manche befürchteten, die Straßen Mailands könnten dem Gewicht nicht standhalten, denn unter vielen Straßen verbergen sich noch die alten Kanäle.

Griechische Mythologie - die Flüsse der Unterwelt

In der griechischen Mythologie ist der Styx der Fluss, der die Grenze zwischen der Erde und der Unterwelt bildet. Er umfließt den Hades neunmal. Der Fährmann Charon bringt die Seelen von einer Flussseite zur anderen. Weitere Unterweltflüsse sind Phlegethon (Feuerfluss), Acheron (Fluss der Schmerzen), Cocytus (Klagefluss), Lethe (Fluss des Vergessens) und Eridanos. In der Slowakei gibt es einen unterirdischen Fluss, der treffender weise *Styx* heißt. Auch einen Fluss namens Acheron gibt es - im Nordwesten Griechenlands. Einen Fluss namens Lethe gibt es in Alaska. In *Walking* schrieb der Amerikaner Henry David Thoreau: „*The Atlantic is a Lethean stream in our passage over which we had the opportunity to forget the Old World and its institutions. If we do not succeed this time there is perhaps one more chance for the race left before it arrives at the banks of the Styx; and that is in the Lethe of the Pacific, which is three times as wide.*"

Der Kanal von Korinth

Der 6.3 km lange Kanal von Korinth in Griechenland verbindet den Saronischen Golf mit dem Golf von Korinth und erspart Schiffen eine 400 km lange Fahrt um den Peloponnes. Mit dem Kanalbau wurde 1881 von den Franzosen begonnen (beflügelt vom Erfolg des Suezkanals), die das Projekt aber wieder aufgaben. Ein griechisches Unternehmen stellte 1893 den Kanal fertig. Der Kanal ist sehr schmal, so dass nur kleinere Schiffe hindurch fahren können. Trotzdem sind es immerhin ca. 11 000 pro Jahr, die meisten davon Touristenschiffe. Der Kanal mit seinen steilen Wänden zieht übrigens auch Selbstmörder an. Bereits in der Antike gab es Pläne für einen Durchstich, nachdem man bereits mit einem Schiffkarrenweg, Diolkos genannt, versucht hatte, eine Umschiffung der Halbinsel zu vermeiden. Schließlich soll 67 nach Christus der römische Kaiser Nero 6000 Sklaven zum Isthmus beordert haben. Von zwei Seiten sollten sich die Arbeiter zur Mitte hin vorarbeiten. Mit einer vergoldeten Schaufel soll er angeblich den ersten Stich gemacht haben. Doch nach wenigen Monaten wurden die Arbeiten eingestellt, da Nero inzwischen verstorben war und seinen Nachfolgern das Projekt zu riskant schien.

5.12 Russland und Weißrussland

Die Wolga

`Mütterchen Wolga´ hat für die nationale Identität Russlands eine große Bedeutung. Zu Sowjetzeiten wurde der Fluss durch den Bau großer Wasserkraftwerke, die den Energiehunger des Landes stillen sollten, in seiner Erscheinung stark verändert. Da die Wolga wenig Gefälle hat (ihre Quelle liegt nur 228 m über dem Meeresspiegel) und nicht von Gebirgen umrahmt ist, mussten hohe Staumauern angelegt werden und es entstanden teilweise hunderte Kilometer lange Stauseen. Wegen starker Winde herrschen auf diesen Seen teilweise maritime Bedingungen. So sind Binnenschiffe in Russland auf die Normen des maritimen Verkehrs ausgelegt und ähneln eher Küstenschiffen und im Winter werden sie auch als solche eingesetzt. Trotz der Schleusen wurde durch die Regulierung über gleichmäßigere Wasserstände die Binnenschifffahrt eher erleichtert und die Wolga zu einem wichtigen Transportkorridor. Als der wichtigste Flusshafen galt dabei Wolgograd - ein Grund weshalb die Deutschen im Krieg das damalige Stalingrad einnehmen wollten. Bei Wolgograd verbindet ein Kanal den Fluss zudem mit dem Don und damit dem Asowschen und Schwarzen Meer. Ein in der Schifffahrt ungewöhnliches, in historischem Stil gestaltetes steinernes Portal markiert dabei den Anfang des in den 1930ern als Wladimir-I. Lenin-Kanal eröffneten Wasserweges. Durch Kanalverbindungen zur Ostsee und zum Weißen Meer wurde die Wolga, die ins Kaspische Meer und damit in einen Binnensee fließt, zum Rückgrat eines Wasserstraßensystems der `5 Meere´. Moskau wird deshalb auch als der `*Hafen der 5 Meere*´ bezeichnet. Ausländische Schiffe sind hier trotzdem nicht zu finden, die dürfen in Russland seit Stalins Dekret von 1937 nicht verkehren.

Der Belomor-Kanal

Unter Stalin wurde von 100 000 Gefangenen im relativ kurzen Zeitraum 1931-1933 der Belomor-Kanal zwischen der Ostsee und dem Weißen Meer gegraben. Dabei kamen über 25 000 Menschen ums Leben, weshalb die Wasserstraße auch *Kanal des Todes* genannt wird. Dabei wurde der Kanal später kaum genutzt, denn es gibt eine parallele Bahnstrecke und wegen des kalten Winters ist er 6 Monate im Jahr vereist, was auch generell Grund für die begrenzte Bedeutung des Binnenschiffsverkehrs in Russland ist.

☞ In der Sowjetunion gab es folgenden Witz: ‚Von wem ist der Kanal gegraben worden? Die rechte Seite von Personen, die Witze über Stalin gemacht hatten, die linke Seite von Personen, die darüber gelacht haben.‘

Die Beresina

Die Beresina, ein Nebenfluss des Dnjepr, ist in Weißrussland auf etwa 200 Kilometer schiffbar. An der Beresina musste Napoleon im November 1812 auf seinem Russlandfeldzug eine schwere Niederlage einstecken. Noch heute steht das Wort *Beresina* im Französischen für eine vernichtende Niederlage.

Lenin und die Lena

Der russische Revolutionär Wladimir Uljanow nannte sich nach dem sibirischen Fluss Lena Lenin. Nach Sibirien Verbannte wurden einst zum Lenahafen Ust-Kut gebracht und von dort die Lena entlang verteilt. Auch Trotzki wurde an die Lena-Gestade verbannt.

Die Lena entspringt übrigens im Baikalgebirge, ganz dicht beim Baikalsee, der mit 1620 Metern der tiefste See der Welt ist (sein Grund liegt 1100 Meter unter dem Meeresspiegel). Er gehört durch die große Tiefe auch zu den wasserreichsten Seen. Als die Transsibirische Eisenbahn noch nicht um den See herum gebaut war, gab es Eisenbahntrajektverkehr mit Dampfschiffen. Im Winter, wenn dicke Eisschichten den See überdeckten, wurden teilweise einfach Schienen aufs Eis gelegt, um den See per Bahn zu überqueren, so geschah es zum Beispiel im Japanisch-Russischen Krieg 1905.

Gumbinnen an der Pissa

In Ostpreußen und im Memelland gab es Binnen- schiffsverkehr zu den Häfen Memel und Königsberg. Memel stand noch 1875 nach Umschlag an 8. Stelle der deutschen Binnenhäfen, Königsberg an 22.
Von Königsberg war die Pregel bis Insterburg schiffbar, wo sie sich in Pissa und Angerap teilte. Die Stadt Gumbinnen an der Pissa war über den Namen ihres (nicht schiffbaren) Flusses allerdings nicht ganz glücklich. Der Rat der Stadt stellte deshalb beim preußischen König Friedrich Wilhelm IV, den Antrag, den Fluss umbenennen zu dürfen. Darauf antwortete der König, *„Genehmigt, schlage vor: Urinoko“*. Der Name Pissa wurde beibe- halten, die Einwohner behalfen sich damit, sie Pregel oder Rominte zu nennen. Als nach dem 2. Weltkrieg das nörd- liche Ostpreußen zur Sowjetunion fiel wurde aus Gum- binnen Gussew, doch die Pissa heißt immer noch so.

Die Flussumleitung

Weil den Flüssen Amu und Syr Darya zur Bewässerung von Baumwollfeldern in Usbekistan Wasser entnommen wurde, begann der Aralsee, immer mehr zu verlanden. Der See hat sich heute so weit zurückgezogen, dass etliche gestrandete Fischereischiffe im Sand verrosten. Zu Sowjetzeiten gab es Pläne, die nach Norden fließenden Flüsse Sibiriens in die Wassermangelregionen im Süden umzuleiten. Der Zerfall der Sowjetunion verhinderte jedoch die Realisierung dieser eher bedenklichen Pläne.

Das Baersche Gesetz

Bei den Flüssen Russlands ist das rechte Flussufer norma-
lerweise steil, das linke dagegen flach. Das gilt zum
Beispiel für Wolga oder Jenissei. Schon der russische
Wissenschaftler Michail Lomonossow, der Mitbegründer
der gleichnamigen Universität, beschrieb 1763 dieses
Phänomen. Die erste Deutung dieser Erscheinung lieferte
jedoch der baltendeutsche Biologe Karl Ernst von Baer
(1792-1876) im Jahr 1856. Der Franzose Jacques Babinet
gab dann 1859 eine verbesserte Erklärung. Dennoch ist das
Gesetz eines Rechtsdralls von Flüssen heute als Baer´sches
Gesetz bekannt.

Baer erklärte den Rechtsdrall von Flüssen mit der
Erdrotation. Die Erde dreht sich um ihre eigene Achse von
West nach Ost. Vom Äquator aus wird der Erdumfang
nach Norden immer geringer. Also wird die Geschwindigkeit, mit der sich ein Ort um die Erde dreht, ebenfalls
immer geringer. Wasser, das sich nach Norden bewegt,
bringt eine höhere Drehgeschwindigkeit nach Osten mit
als es nördlicheren Breitengraden entspricht. Deshalb
drängt es relativ gesehen nach Osten (an das rechte
Flussufer). Wasser, das nach Süden fließt, gelangt wiederum in eine Gegend mit höherer Drehgeschwindigkeit nach
Osten, bleibt somit relativ gesehen zurück und drängt so
an das westliche Ufer. Südlich des Äquators ist es umgekehrt. Baers Fehler war, dass er meinte, die Gesetzmäßig-
keit gelte nicht für Flüsse, die parallel zur Erddrehung
flössen (also zum Beispiel von West nach Ost). Jacques
Babinet zeigte, dass dieser Effekt (später nach dem Franzosen G. Coriolis als Corioliskraft bezeichnet) für alle
Flüsse gilt, unabhängig von ihrer Richtung. Schließlich
befasste sich 1926 Albert Einstein im Aufsatz „*Die
Ursache der Mäanderbildung der Flussläufe und des so
genannten Baerschen Gesetzes*" mit diesem Beispiel für
die Corioliskraft.

6. Nordamerika

6.1 USA

Der Rhein Amerikas

Der Hudson hatte im Amerika der Voreisenbahnzeit eine wichtige Bedeutung als Verkehrsweg. Die idyllische Flusslandschaft zog zudem viele Maler an, es bildete sich sogar eine `Hudson-Malerschule´. Wegen der schönen Landschaft wird der Hudson auch als der `*Rhein Nordamerikas´* bezeichnet. In der Stadt New York ist der Hudson eigentlich schon eine Meeresbucht, denn das eigentliche Flusstal ist nach dem nacheiszeitlichen Meeresspiegelanstieg unter Salzwasser versunken.

The Panic of 1837

In den USA gab es im 19. Jahrhundert eine schwere Wirtschaftskrise, das Platzen einer ökonomischen Blase, die als „Panic of 1837" in die US-Geschichte einging und eine fünfjährige Rezession und hohe Arbeitslosenzahlen nach sich zog. Selbst der Bau von Kanälen war von dieser Wirtschaftskrise betroffen. Vom Erfolg des Erie-Kanals im Staate New York angespornt, wollte auch der neu gegründete Bundesstaat Michigan ein Kanalprojekt verwirklichen. Mit dem Bau des *Clinton-Kalamazoo-Kanals* (auch als *Clinton´s ditch* bezeichnet) wurde 1838 begonnen, doch Spätfolgen der Panik von 1837 führten zu einem Mangel an Investitionskapital und nachdem nur 20 Kilometer verwirklicht waren, wurde der Bau 1843 eingestellt. Das Projekt scheiterte zudem an Entwurfsfehlern, denn der Kanal war zu eng und zu flach. Überreste des Kanals sind jedoch bis heute sichtbar. Heute hat sich der US-Binnenschiffsverkehr weitgehend aus den Kanälen zurückgezogen, er konzentriert sich auf große Flüsse wie Mississippi und Ohio.

Der Ohio

Der Ohio hatte in Siedlerzeiten eine wichtige Bedeutung für die Erschließung Nordamerikas, denn er war einer der wenigen Ströme, die in Ost-West-Richtung flossen. Wichtige Städte wie Pittsburgh, Cincinnati und Louisville liegen an seinen Ufern. Wie der Main galt der Ohio auch als Kulturgrenze. Südlich des Ohios lagen die Sklavenhalterstaaten und für die Schwarzen war der Ohio eine Art Jordan, den es zu überqueren galt, um die Freiheit zu erlangen. Der Flussabschnitt um Huntington in West Virginia, an dem sich drei Bundesstaaten treffen, gilt mit einem Umschlag von über 70 Millionen Tonnen nach Tonnen als größter Fluss-Binnenhafen der USA und dürfte auch weltweit mit an der Spitze (vor Duisburg aber heute wohl hinter dem boomenden Nanjing) liegen.

Mark Twain

Der Schriftsteller Samuel Clemens Langhorn alias Mark Twain (1835-1910) wuchs im Bundesstaat Missouri in Mississippi-Nähe auf. Er schlug sich mit zahlreichen Jobs durch und besaß seit 1859 sogar das Kapitänspatent für Mississippi-Dampfer. Die 1850er waren das `Goldene Jahrzehnt´ der Flussdampfer, über 1000 waren damals unterwegs. Ab 1860 wurde allerdings die Eisenbahnkonkurrenz immer stärker. Mark Twains Bruder kam übrigens 1858 bei einer Explosion eines Flussdampfers ums Leben und Twain machte sich sein ganzes Leben Vorwürfe, dass er ihn überredet hatte, auf dem Schiff anzuheuern. Solche Unglücke waren nicht selten. 1865 explodierte ein Kessel der S.S. Sultana, das Schiff geriet in Brand und 1800 der 2400 Fahrgäste kamen ums Leben. Seinen Künstlernamen leitete Twain übrigens aus einer in der Schifffahrt gebräuchlichen Wassertiefenangabe ab. `Mark Twain´- kann etwa als `Marke zwei´ übersetzt werden- eine sichere Gewässertiefe für den Schiffsverkehr.

St. Louis und der Mississippi

St. Louis hat eine zentrale Lage im Mittleren Westen der USA und liegt strategisch günstig unweit der Mündung des Missouri in den Mississippi, der ab hier nicht mehr von Eis behindert wird und bis New Orleans schleusenfrei befahren werden kann. Auch der nach Chicago und damit zu den Großen Seen führende Illinois-Kanal mündet unweit von St. Louis in den Mississippi. St Louis liegt im Zentrum großer Getreideanbaugebiete des Mittleren Westens und im Oberlauf des Missouri gibt es große Kohlevorkommen. So wundert es nicht, dass sich St. Louis im 19. Jahrhundert zu einem der größten Binnenhäfen der Welt entwickelte. Weit über hundert Mississippi-Dampfer lagen um 1900 an einem typischen Tag aufgereiht an seinen Kais. St. Louis war zudem Eisenbahnknoten, sein Bahnhof galt um 1920 als der verkehrsreichste der Welt. Im Jahr 1900 war St. Louis zudem zur viertgrößten Stadt der USA aufgestiegen (nach New York, Chicago und Philadelphia) und richtete 1904 die Olympischen Spiele und eine Weltausstellung aus. Doch seit der Wirtschaftskrise in den 1920er Jahren ging es bergab. Der amerikanische Schriftsteller Jonathan Frantzen zeigt in seinem Roman `Die 27. Stadt´ den Abstieg der Metropole auf Rang 27 der großen amerikanischen Städte (heute liegt St. Louis mit 340 000 Einwohnern auf Platz 52). Doch immerhin hat der Mississippi-Hafen der Stadt nicht ganz an Bedeutung verloren. Mit 28 Millionen Tonnen Umschlag pro Jahr gilt er immer noch als der größte Agrarprodukte-Binnenhafen der Welt.

☞ Zweimal im Jahr ziehen übrigens große Scharen nordamerikanischer Zugvögel über die Stadt. Denn der in Nord-Süd-Richtung verlaufende Mississippi ist eine wichtige Orientierungslinie für 40% der amerikanischen Zugvögel, die zum Überwintern in die Karibik fliegen.

Abraham Lincoln und das Floß

Abraham Lincoln (1809-1865), der 16. Präsident der USA, war Autodidakt, auch als Flößer. Als 19-Jähriger navigierte er ein Floß mit Gütern von einem kleinen Fluss unweit von Chicago über den Sangamon und Illinois River in den Mississippi und weiter bis New Orleans. Flussaufwärts war der Warentransport jedoch schwierig, denn getreidelt wurde in Amerika nicht. Kein Wunder, dass die Amerikaner die Dampfschifffahrt erfanden.

Die Flussdampfer und die Eisenbahnabteile

Dass es in Amerika bei der Eisenbahn viel früher als in Europa bequeme Großraumwagen gab, wird auch mit der Bedeutung der Personenschifffahrt auf Flüssen erklärt. Das großzügige Interieur der Flussdampfer war Maßstab der amerikanischen Eisenbahnen, während sich die engen europäischen Zugabteile mit ihrer Vis-á-vis-Anordnung aus den Gegebenheiten einer Kutsche ableiteten.

Der Containerverkehr

Als Erfinder des Seecontainerverkehrs gilt der amerikanische LKW-Spediteur Malcolm McLean (1913-2001). 1956 kaufte er zwei Tanker, die er umbaute, um Container zu befördern. Das erste dieser Schiffe fuhr im selben Jahr von Newark nach Houston. 1960 richtete er die erste Containerlinie *Sea-Land* ein. 1966 erreichte das erste Containerschiff Bremerhaven.

Auch der Binnenschiffsverkehr profitiert mittlerweile vom wachsenden Containerverkehr auf den Weltmeeren. Das gilt jedoch weniger für die USA, der Heimat des Containertransportes. In den USA ist die Rolle der Eisenbahnen im Containertransport zu stark. Außerdem ist die Binnenschifffahrt in Amerika ganz auf Schüttgüter ausgerichtet - Kohle, Getreide, Öl und Erze.

Die Lachsbeförderung auf Schiffen

Das Columbia/Snake River-Flusssystem im Nordwesten der USA war einst sehr reich an Lachsen. Doch mit dem Bau zahlreicher Staudämme wurden deren Migrationswege unterbrochen. Fischtreppen wurden angelegt, damit erwachsene Lachse zum Laichen zum Flussoberlauf kommen konnten. Aber für Jungfische war der umgekehrte Weg in den Ozean trotz des Baues von Fischschleusen immer noch ein Problem. Schließlich begann man am Oberlauf junge Lachse einzusammeln und sie mit Schiffen zum Ozean zu transportieren. Die Überlebensrate so transportierter Fische ist höher, doch nicht alle finden zur Laichzeit den Weg zurück. So fordern manche, die Staudämme wieder aufzuheben. Doch diese haben, zusammen mit Schleusen, den Columbia/Snake River-Wasserweg erst schiffbar gemacht und heute werden über diesen Wasserweg jährlich über 4 Milliarden Liter Getreide transportiert.

☞ Unweit des Columbia Rivers findet sich in Oregon übrigens der Fluss *D*, mit 37 m der kürzeste Fluss der Welt.

Das `Burning River´-Fest

Der Eriesee galt Ende der sechziger Jahre als der am meisten verschmutzte der Großen Seen Nordamerikas, da Abwässer der beiden Industriestädte Detroit und Cleveland ungeklärt in ihn hinein flossen. Cleveland machte dabei weltweit Schlagzeilen als der die Stadt durchfließende Cuyahoga aufgrund seiner Chemikalienbelastung Feuer fing. Noch heute ist Cleveland in den USA als Stadt des brennenden Flusses bekannt, obwohl der Fluss seither viel sauberer geworden ist. Da das schmutzige Image nur schwer abgeschüttelt werden kann, hat die Stadt eine Vorwärtsstrategie entwickelt und feiert jedes Jahr, in Anlehnung an das landesweit bekannte *Burning Man Festival* in Nevada, das *Burning River Festival*.

6.2 Kanada

Die längste Schlittschuhbahn der Welt

Der Rideau-Kanal in Kanada wurde im Jahre 2006 zu seinem 175. Geburtstag in die Liste des Weltkulturerbes aufgenommen. Der Kanal verbindet mehr als 60 Seen, nur 20 km der Wasserstraße sind Kanäle. 47 Schleusen gibt es, deren massive Tore immer noch per Muskelkraft bewegt werden. Im Winter verwandelt er sich jedoch angesichts des kalten Klimas in `die längste Schlittschuhbahn der Welt´, was sogar im *Guinness Buch der Rekorde* festgehalten wurde. Aus Übermut warfen im Jahr 1905 Spieler eines kanadischen Hockey-Vereins den gewonnenen Cup in den Rideau-Kanal. Doch da es Winter war, war der Kanal gefroren und der Metall-Cup wies eine Beule auf, als er am nächsten Tag in einer Schneewehe auf dem Kanal gefunden wurde.

St. Lorenz-Seeweg

Der Sankt-Lorenz-Strom ist relativ breit und tief, war aber einst wegen vieler Stromschnellen nur eingeschränkt schiffbar. Da an den Großen Seen jedoch ein erhebliches Güterverkehrsaufkommen bestand, wurde der Fluss vom Ontariosee bis Montreal schließlich zum St. Lorenz-Seeweg ausgebaut. Als die Kanadier 1951 den Antrag zum Ausbau stellten, waren die US-Amerikaner noch gegen das Projekt. Doch 1954 willigten sie ein, beteiligten sich an den Kosten und bis 1959 wurde der Seeweg fertig gestellt. Durch den Seeweg hat sich später Montreal zu einem bedeutenden Containerhafen entwickelt.
☞ Allerdings brachte der internationale Schiffsverkehr im Ballastwasser auch Bioinvasoren mit, so die aus Osteuropa eingeschleppte Zebra-Muscheln, die im Gebiet der Großen Seen Abwasserrohre verstopften und zu einem großen Problem geworden sind.

7. Lateinamerika

7.1 Der Panama-Kanal

Hernando Cortez

Bereits Hernando Cortez schlug dem spanischen König vor, einen Kanal an der heutigen Stelle zu bauen. Doch der streng gläubige König antwortete, dass, was Gott hier zusammengefügt habe, der Mensch nicht trennen dürfe.

Franzosen und Amerikaner

Ermutigt durch die erfolgreiche Fertigstellung des Suezkanals im Jahre 1869 (durch Ferdinand de Lesseps) machten sich schließlich die Franzosen 1881 an den Bau des Panama-Kanals. Doch Lesseps unterschätzte die topographischen und klimatischen Gegebenheiten. Ein Kanal auf Meeresniveau ließ sich nicht realisieren und schließlich musste sogar Gustav Eiffel bei der Konstruktion von Schleusen zu Rate gezogen werden. Zudem starben im feucht-warmen Tropenklima tausende Arbeiter an Malaria. Auch der Maler Paul Gauguin arbeitete 1887 am Kanal mit, wurde aber nach 2 Wochen entlassen (und machte sich dann in die Südsee auf). Nach 8 Jahren Bauzeit ging die Kanalgesellschaft schließlich 1889 in Konkurs. Die Franzosen versuchten daraufhin, das Projekt den US-Amerikanern schmackhaft zu machen. 1904 nahmen die Amerikaner, die ursprünglich einen Nicaragua-Kanal favorisierten, den Bau auf. Technologische und medizinische Fortschritte (Malaria- und Gelbfieber-prophylaxe) ermöglichten einen planmäßigen Baufortschritt und die Eröffnung des Kanals im Jahr 1914. Zur Eröffnung wurden von den Amerikanern führende Schifffahrtsnationen eingeladen, überraschenderweise auch die Schweiz, angeblich ein Beweis der mangelnden Geographiekenntnisse der US-Verwaltung.

Die MS Halliburton

Seit der Eröffnung im Jahr 1914 befuhren 850 000 Schiffe mit 6 Milliarden Tonnen Fracht den 80 km langen Panama-Kanal, im Jahre 2005 waren es 14 000 mit 279 Millionen Tonnen. Schiffsgrößenkategorien, die noch durch den Kanal passen, werden als Panamax bezeichnet. Die Einnahmen aus Durchfahrtsgebühren (etwa 40 000 $ pro Schiff) belaufen sich auf über 500 Millionen Dollar pro Jahr. Im Jahr 2006 hat sich die Bevölkerung Panamas in einer Volksabstimmung deshalb auch für einen Ausbau des Kanals ausgesprochen. Die Durchfahrtsgebühren hängen dabei von der Schiffsgröße und der Fracht ab. Die höchste Gebühr (250 000 $) bezahlte im Jahre 2006 ein dänisches Containerschiff, die niedrigste der amerikanische Abenteurer Richard Halliburton (1900-1939), der den Kanal 1928 durchschwamm. Erst wurde Halliburton das Durchschwimmen nicht gestattet, da nur Schiffe den Kanal befahren durften. Kurzerhand taufte er sich in MS Halliburton und musste die Passage entsprechend seinem Gewicht bezahlen: 36 Cent.

Von Ost nach West

Schiffe, die von der Karibikseite des Panamakanals zur Pazifikseite fahren, fahren überraschenderweise nicht von Ost nach West, sondern von West nach Ost, denn die Pazifikseite des Kanals liegt ein paar Kilometer weiter östlich als die Atlantikseite.

Der seltsame Fluss

Eine weitere Merkwürdigkeit: der Rio Chagres, der dem Panamakanal Wasser zuführt, teilt sich bei der Stadt Gamboa. Ein Teil fließt in den Atlantik, ein Teil in den Pazifik. Der Rio Chagres ist somit er einzige Fluss der Welt, der in zwei Ozeane fließt.

7.2 Andere Wasserwege

Der Nicaragua-Kanal

Lange Zeit favorisierten die US-Amerikaner eine Kanalverbindung durch Nicaragua, über den San Juan Fluss und den Nicaraguasee. Bereits zu Zeiten des Goldrausches in Kalifornien um 1849 wählten 100 000 Amerikaner diesen Weg, um von der Karibik in den Pazifik zu gelangen. Ein verheerender Vulkanausbruch auf Martinique im Jahr 1902 löste jedoch ein Umdenken bei den Amerikanern aus, da es nahe der geplanten Strecke in Nicaragua ebenfalls Vulkane gab, und schließlich nahmen sie den Panamakanal in Angriff.

Heute propagiert Nicaragua selbst den Nicaragua-Kanal, der Investitionen von über 20 Milliarden Dollar nötig machen würde. Doch die Kanalgebühren würden dem armen Land zu gewissem Wohlstand verhelfen.

Der Amazonas

Der Amazonas ist der mit Abstand wasserreichste Fluss der Welt. Nach dem Nil (6650 km) gilt er zudem mit etwa 6400 km als der zweitlängste. Doch damit sind die Lateinamerikaner noch nicht zufrieden. Im Jahr 2007 fanden brasilianische und peruanische Forscher einen Zufluss, dessen Quelle 6800 km weit von der Mündung liegt. Damit wäre der Amazonas länger als der Nil.

Der schiffsreichste Fluss ist der Amazonas zumindest aber nicht. Sein Verkehrsaufkommen wird auf unter 100 Milliarden Tkm geschätzt, damit liegt er hinter Jangtsekiang und Mississippi. Der Amazonas kann bis Iquitos in Peru mit Seeschiffen befahren werden, heute endet die Seeschifffahrt in der Regel in Manaus. Zu Zeiten des Kautschukbooms Anfang des 20. Jahrhunderts gab es regelmäßigen Schiffsverkehr zwischen Hamburg und dieser Stadt. Der reine Amazonas-Binnenverkehr in Brasilien ist heute eher gering, er beträgt etwa 12 Milliarden Tkm pro Jahr. Insgesamt werden durch die Binnenschifffahrt in Brasilien nur etwa 21 Milliarden Tkm erbracht (letztmals im Jahr 2000 wurden detaillierte Zahlen ermittelt), obwohl es mehrere leistungsfähige Wasserwege gibt, wie Paraguay/Parana, den Rio Negro oder (abschnittsweise) den São Francisco.

☞ Iquitos in Peru gilt übrigens als einzige Großstadt, die nur über einem Binnenwasserweg erreicht werden kann.

Fitzcarraldo

1982 produzierte der Regisseur Werner Herzog in Peru und Brasilien den Film Fitzcarraldo. Darin veranlasst der irische Möchtegern-Gummibaron Brian Sweeny Fitzgerrald, der von den Einheimischen Fitzcarraldo genannt wird (gespielt von Klaus Kinski), einen 320 Tonnen-Dampfer über einen Hügel zu ziehen, um Zugang zu einem Kautschukgebiet zu bekommen. Denn dieses Gebiet liegt an einem Nebenfluss des Amazonas, der durch Stromschnellen nicht direkt per Schiff erreichbar ist. Jedoch können Schiffe über den parallel fließenden Pachitea in die Nähe des Flusses gelangen. Die Story hatte ihr Vorbild im peruanischen Gummibaron Carlos Fitzcarrald (1862-1897), der tatsächlich ein Schiff über einen Isthmus von einem Fluss zu einem anderen ziehen ließ. Doch dieses war nur 30 Tonnen schwer und er hatte es vorher auseinanderbauen lassen.

Der Rio Madeira

Der Rio Madeira (1450 km) ist ein wichtiger Nebenfluss des Amazonas und könnte eine wichtige Verbindung zwischen dem rohstoffreichen Binnenland Bolivien und dem Atlantik darstellen. Doch südlich von Porto Velho in Brasilien bis zum Zusammenfluss von Mamoré und Beni an der bolivianischen Grenze machen Stromschnellen und Wasserfälle die Schifffahrt unmöglich. Um bolivianische Gummiplantagen erschließen zu können, wurde deshalb von 1907-1912 entlang des nicht schiffbaren Fluss-abschnittes eine Eisenbahnlinie gebaut, die Madeira-Mamoré-Eisenbahn. Mehr als 3000 Menschen kamen bei ihrem Bau ums Leben. Doch bereits ein Jahr nach ihrer Eröffnung war sie durch den Verfall der Gummipreise und den Bau einer Linie von Bolivien zum Pazifik unwirt-schaftlich geworden. 1972 wurde sie schließlich still-gelegt.

Der Orinoko

Venezuela weist eine Besonderheit auf: eine Bifurkation. Ein Teil des Wassers des Orinoko-Nebenflusses Casiquare fließt in den Amazonas-Nebenfluss Rio Negro. Orinoko und Amazonas sind somit verbunden. Schon Alexander von Humboldt (1769-1859) ging dieser Sache 1800 nach und bereiste auf einer Piroge die Bifurkation.

Der Rio Magdalena

Der in Köln-Mülheim geborene Johann Bernhard Elbers (1776-1853) duellierte sich einst im Militär und tötete einen Kameraden. Deshalb wanderte er nach Nordamerika aus, wo zu dieser Zeit gerade durch Fulton das Dampf-schiff erfunden worden war. Nach einer Lektüre der Reise-beschreibungen Alexander von Humboldts, beschloss er, sich nach Südamerika aufzumachen. In Kolumbien erhielt er schließlich 1823 das alleinige Recht, auf dem auf einer Länge von etwa 1000 km schiffbaren Rio Magdalena Dampfschifffahrt zu betreiben. Doch seine Schiffe fielen durch Treibholz und technische Mängel mit der Zeit aus und Konkurrenten drängten darauf, den Fluss befahren zu dürfen. So war es schließlich Bolivar selbst, der die Privi-legien aufhob und die Schifffahrt auf dem Fluss freigab.

8. Afrika

8.1 Der Suezkanal

Der Suezkanal in Ägypten ist 161 km lang, durchschnittlich 120 m breit und kann von Schiffen bis 20 m Tiefgang befahren werden. Er wurde 1859-1869 erbaut. Schon zu Pharaonenzeiten bestanden jedoch an dieser Stelle Kanäle, die aber wieder versandeten.

Leibniz´ Vorschlag

Der deutsche Universalgelehrte und Philosoph Gottfried Wilhelm Leibniz schlug bereits im Jahre 1672 Ludwig XIV., dem französischen `Sonnenkönig´, die Eroberung Ägyptens und den Bau eines Suezkanals vor. Leibniz zielte unter anderem darauf ab, Frankreich von einer Expansion Richtung Deutschland abzulenken und dem Land neue Ziele zu geben. Die Franzosen fanden den Vorschlag anregend, ließen aber nicht davon ab, die Niederlande anzugreifen. Erst zwei Jahrhunderte später sollte die Zeit reif für dieses Projekt sein.

Der unbekannte Planer

Der Franzose Ferdinand de Lesseps ging als Erbauer des Suezkanals in die Geschichte ein. Weit weniger ist bekannt, dass die Pläne vom Österreicher Alois Negrelli stammten. Der Ingenieur und Verkehrspionier Negrelli wurde 1799 im Trentino geboren, welches damals zu Tirol (heute Italien) gehörte, baute außerdem Straßen, Brücken und Eisenbahnlinien. Er war auch Projektleiter für die erste Schweizer Eisenbahn, die Spanisch-Brötli-Bahn von Zürich nach Baden. Ab 1857 war er technischer Direktor der Suezkanal-Gesellschaft, der ägyptische Vizekönig hatte ihn zum Generalinspektor aller ägyptischen Kanalbauten ernannt. Doch im Oktober 1858 starb Negrelli an den Folgen eines Nierenleidens. Lesseps, zuvor nur in Finanzierungsfragen involviert, übernahm das Projekt, verschleierte die Herkunft der Pläne, denen er sich nach Negrellis Tod bemächtigt hatte und fuhr bei der Eröffnung des Kanals im Jahre 1869 als Erster durch die Wasserstraße. Lesseps' Leistungen waren nicht unbedeutend, doch dass er später als alleiniger Erbauer gefeiert wurde, wird dem Beitrag Negrellis nicht gerecht. Später gelang es jedoch österreichischen Historikern, Negrelli zumindest etwas aus der Vergessenheit zu holen.

Der Lesseps-Effekt

Dabei hatte man zuerst Bedenken, da man von unterschiedlichen Meeresspiegelhöhen auf beiden Seiten ausging. Der Unterschied stellte sich als unerheblich heraus, doch kam es zu einer Vermischung der Meeresfauna auf beiden Seiten, was später als *Lesseps-Effekt* in die Biologie einging.

Der entzündete Kanal

1956 verstaatlichte der ägyptische Präsident Nasser den Kanal, was zur Suezkrise führte. Britische und französische Truppen besetzten die Kanalzone und erst durch die Intervention der USA und der UdSSR konnte die Krise beigelegt werden. Während eines Empfangs zu Zeiten der Suezkanalkrise im Jahre 1956 rief der russische Ministerpräsident Nikita Chruschtschow den französischen Botschafter herbei. „Ich muss Ihnen einen guten Witz erzählen, den ich gerade gehört habe", führte er aus, „Eden, der britische Premierminister, ist krank." „Woran leidet er?". *„From an inflammation of the Canal"* (an einer Entzündung des (Atem-)Kanals, das Wortspiel geht bei der Übersetzung leider etwas verloren).

Der Krieg und die Öltanker

Nach dem Sechstagekrieg war der Kanal von 1967-1975 gesperrt, was zur Entwicklung großer Öltanker, die das Kap der guten Hoffnung umfuhren, beigetragen hat. Seit 1979 dürfen auch israelische Schiffe den Kanal wieder befahren.

Der Marlboro-Kanal

Trotz einer Breite von über 300 Metern, davon allerdings nur etwa 200 Meter tiefere Fahrrinne, kann der Suezkanal nur im Einrichtungsverkehr benutzt werden. Es bilden sich deshalb Schiffskonvois, die den Kanal nach Fahrplan befahren. Bei einer Geschwindigkeit von 14 km/h braucht ein Konvoi etwa 12 Stunden, um den Kanal zu durchqueren. Etwa 20 000 Schiffe fahren heute jährlich durch den Kanal, das heißt 50-60 pro Tag, bzw. 25-30 pro Richtung und Tag. Etwa 400 Millionen Tonnen Güter werden so pro Jahr durch den Kanal transportiert. Dadurch nimmt die Suez Canal Authority jährlich 2 Milliarden Dollar ein, also 100 000 $ pro Schiff. Ein Großteil dieses Geldes fließt in die Unterhaltung und den Ausbau des Kanals. Im Suezkanal ist so auch der größte Kanalbagger der Welt im Einsatz, denn der Kanal droht stets zu versanden und muss zudem für größere Schiffe ausgebaut werden. Allein im Jahre 2001 wurde eine Milliarde $ ausgegeben, um die Fahrrinne für einen Tiefgang von 19 Metern auszubaggern, 2010 wurde eine Tiefe von 22 Metern erreicht. Bereits 1989 war die Fahrrinne 14-mal so groß wie bei der Eröffnung. Doch es ist nicht klar, ob der Kanal für die größten im Bau befindlichen Containerschiffe ausgebaut werden kann. Heute wird die Wasserstraße auch *Marlboro-Kanal* genannt, weil die unterbezahlten ägyptischen Lotsen für ihre Dienste eine Stange Marlboro Light als Bakschisch erwarten.

8.2 Andere Wasserwege

Der Nil im Sudan

In Ägypten ist der Nil, für die alten Ägypter ein `heiliger Fluss´, ab Assuan flussabwärts ungehindert befahrbar. Zahlreiche Schiffe, darunter traditionelle Segelboote und Touristenschiffe, beleben den Fluss, an welchem lange das Schicksal Ägyptens hing. Durch die Katarakte nördlich von Khartum ist der Nil bis Assuan nur abschnittsweise schiffbar. Südlich von Khartum teilt sich der Fluss in den Blauen und den Weißen Nil, wobei der Blaue Nil nur in der Regensaison schiffbar ist.

Mopti - der Flusshafen

Der Niger, für die Einheimischen `der Fluss der Flüsse´, ist einer der wenigen Flüsse, der in seinem Verlauf Wasser verliert, um später wieder wasserreicher zu werden. Der Grund ist sein bogenförmiger Verlauf, der ihn in regenreichen Gebieten entspringen lässt, aber durch die Biegung nach Norden in die trockene Sahelzone zu Wasserverlusten führt. Im Innenflussdelta in Mali ist der Niger jedoch noch relativ wasserreich. Hier gibt es zahlreiche Flusshäfen, Mopti zählt dabei zu den bedeutendsten. Heute werden die Anlandestellen im Hafen mit Spenden der EU und Frankreichs befestigt, um seine Rolle im Transport noch weiter zu stabilisieren.

☞ In Nigeria beklagt die Presse dagegen die zu geringen Investitionen in die Nutzung des dort wasserreichen Nigers und seines ebenfalls schiffbaren Nebenflusses, dem Benue, bei gleichzeitig überlasteten Straßen.

Der Kongo

Der Amerikaner Henry Morton Stanley war der erste, der den Kongo auf voller Länge bereiste und damit nachwies, dass sein Oberlauf, der Lualaba, nicht die Quelle des Nils ist. Von Kinshasa bis Kisangani ist der Kongo schiffbar, weiter flussaufwärts stellen die Stanley-Fälle ein Schifffahrtshindernis dar. Die Wasserfälle hier und weiter im Oberlauf werden mit Hilfe von Eisenbahnen umfahren. Der Einzugsbereich des Flusses Kongo wurde durch Stanley, der für den belgischen König Leopold arbeitete, zur belgischen Kolonie, die durch brutale Ausbeutung der Einheimischen gekennzeichnet war. Später wurde daraus das Land Kongo-Leopoldsville (später in Zaire umbenannt), die heutige Demokratische Republik Kongo.

Als der Regisseur John Huston nach einer passenden Lokalität für die Verfilmung von C.S. Forresters Roman *The African Queen* suchte, flog er 40 000 km durch Afrika und fand schließlich mit dem Ruiki, einem Nebenfluss des Kongos, den passenden Drehort. Fast das ganze Filmteam wurde von Tropenkrankheiten niedergestreckt, außer Humphrey Bogart, der meinte seine Alkoholfahne hätte die Moskitos umgehauen. Eingeborene wurden zur Unterstützung des Teams angeheuert, doch oft ließen sich diese nicht blicken, denn sie hatten Angst, das Filmteam bestünde aus Kannibalen.

☞ Eine Szene im Schilf wurde allerdings nicht im Kongo gedreht, sondern am schilfreichen Fluss Dalyan in der Südwesttürkei. Dort erinnern Boote mit der Aufschrift `African Queen´ noch heute an dieses Filmereignis.

Der Pangalanes-Kanal

Madagaskar hat, was kaum bekannt ist, einen der längsten Kanäle der Welt. Er verläuft die Ostküste der Insel entlang, verbindet mehrere Seen und hat heute eine Gesamtlänge von 460 km (einst waren es 630 km). Die Franzosen veranlassten einst den Bau des Kanals, der heute jedoch nur noch wenig genutzt wird. Allerdings wurde kürzlich mit Ausbaumaßnahmen begonnen.

9. Asien

9.1. China

China ist vor den USA das Land mit dem größten Binnen-
schiffsgüterverkehrsaufkommen der Welt. 80 % davon
werden auf dem Jangtsekiang erbracht, dem verkehrsreichsten Fluss der Welt. In den 90ern hatte er bereits über
300 Milliarden Tonnenkilometer pro Jahr, seither ist der
Verkehr weiter stark gewachsen.

Der Große Kanal Chinas

Der Große Kanal im Osten Chinas, auch Kaiserkanal
genannt, gilt als längste vom Menschen geschaffene
Wasserstraße der Welt. Er ist 1800 km lang und bis zu 40
Meter breit und verbindet Peking mit dem Mündungs-
gebiet des Jangtsekiang (und damit auch mit Shanghai).
Teile des Kanals entstanden schon vor mehr als 2400
Jahren. Noch älter ist jedoch der Hong-Guo-Kanal, die
erste künstliche Wasserstraße in Ostasien, er wurde bereits
im 6. Jahrhundert vor Christus erbaut.

Die Sorge Chinas

Der Huang He, Chinas Gelber Fluss, hat diesen Namen
durch mitgeführte Sedimente, die sein Wasser färben. Er
führt durch Wüstengebiete und ein Lössplateau, das
starker Erosion ausgesetzt ist. Der Gelbe Fluss ist in
seinem Wasserstand unstetig, früher war er es auch in
seinem Verlauf. Er hat deshalb auch den Beinamen „Sorge
Chinas" (andere Beinamen: *Freude Chinas*, *Mutter
Chinas, der Drache*). Binnenschifffahrt hat er im Oberlauf
von Lanzhou bis Baotou, im Mündungsbereich hat er
dagegen zu wenig Wasser, manchmal erreicht er nicht mal
das Meer. Der Huang He ist 5460 km lang, weil das
Mündungsdelta durch die mitgeführten Sedimente immer

weiter ins Meer hinausgeschoben wird, ist er allein zwischen 1975 und 1991 um 35 km länger geworden. Der Gelbe Fluss ist nicht nur wichtig für das Schicksal Chinas, sondern auch für das der übrigen Welt. Im 14. Jahrhundert sollen Überschwemmungen des Huang He Ratten aus China bis nach Europa vertrieben und dort 1348 die Pest ausgelöst haben, die ein Drittel der Bevölkerung das Leben kostete. Seither haben stetige Eindeichungen die Zahl der Überschwemmungen reduziert, aber auch das Potenzial einer Katastrophe vergrößert. Denn das Flussbett hat sich weit über das Niveau der umgebenden Landschaft erhöht und weil Überschwemmungen verhindert werden, können Sedimente nicht abgelagert werden und das Flussbett erhöht sich weiter. Deshalb wird der vielfach gestaute Fluss von Zeit zu Zeit geflutet, damit Sedimente ins Meer gespült werden.

Der Jangtsekiang - Chinas Hauptstraße

Der Jangtse(kiang) (Chinesisch: Chang Jian) hat den Beinamen *Chinas Hauptstraße* oder auch *Blauer Fluss*. Er verbindet wichtige Industriestädte mit großen Häfen wie Shanghai, Nanjing, Wuhan und Chongqing. In seinem Einzugsgebiet finden sich 40% der chinesischen Getreideproduktion, 70% der Reisproduktion und 40% der chinesischen Bevölkerung. Er hat eine Gesamtlänge von 6300 km. Der Flusshafen von Nanjing gilt mit über 70 Millionen Tonnen Umsatz als größter Flusshafen der Welt (noch vor Duisburg). In den letzten Jahren machte der Jangtse durch den Bau des riesigen Drei-Schluchten-Damms Schlagzeilen, dessen ökologische Auswirkungen zunehmend Besorgnis erregen. Mehrere Milliarden Dollar sollen in den nächsten Jahren investiert werden, um den Fluss für die Schifffahrt weiter auszubauen. 2010 wurde das Transportaufkommen auf 1300 Millionen Tonnen geschätzt, fünf Mal so viel wie auf dem Rhein.

9.2 Andere Länder Ostasiens

Koreas großes Projekt

Anfang 2008 überraschte der neue koreanische Präsident Lee Myung Bak seine Landsleute mit dem Grand Korean Waterway Project einer das Land diagonal durchquerenden, die Flüsse Han und Kakdong verbindenden 540 km langen Binnenwasserstraße von Seoul nach Busan. Doch durch die topographischen Verhältnisse, ein Gebirge muss überquert werden, wäre das Kanalstück schleusenreich und das Projekt (geschätzte Kosten 16 Milliarden US-Dollar) sehr teuer geworden mit erheblichen Eingriffen in die Landschaft Nach massiven Protesten, insbesondere von Umweltschützern gab der Präsident dieses wenig realistische Projekt im Sommer 2008 auf.

Der koreanische Wirtschaftsboom von 1961-1997 wurde übrigens nach dem Fluss, der durch Seoul fließt, *Miracle on the Han river* genannt. Obwohl der Fluss sehr breit ist wird er für die Schifffahrt heute nicht mehr genutzt, da seine Mündung, die Grenze zwischen Süd- und Nordkorea bildet und militärisches Sperrgebiet darstellt.

Die Mongolei und der Schiffsverkehr

Die Mongolei ist das größte Land ohne Meereszugang, die Hauptstadt Ulan Bator liegt 1500 km von der Küste entfernt. Die Flüsse des kalten und trockenen Hochplateaus, das den größten Teil der Landesfläche ausmacht, führen nur wenig Wasser und sind wie die wenigen Seen mindestens 6 Monate vereist. Und dennoch gibt es in der Mongolei Binnenschiffsverkehr. 1938 wurde ein Schlepper, in Einzelteilen zerlegt, über die Steppe bis zum Hovsgol transportiert, dem größten See der Mongolei. Dieser Schlepper stellte gleichzeitig die Marine des Landes dar. Später kamen noch 3 Lastkähne und 30 Boote dazu. Für das Jahr 1990 wies die Transportstatistik immerhin 4.9 Millionen Tonnenkilometer aus.

Im Januar 2003 eröffnete schließlich sogar eine mongolische Schiffsregistratur für den maritimen Verkehr und mittlerweile fahren 300 Schiffe unter der (Billig-)Flagge dieses Binnenlandes.

Der Mekong

Der Mekong ist sehr fischreich und eine wichtige Transportachse gleich mehrer Länder. 100 Millionen Menschen sind von diesem Fluss abhängig. Allerdings sind die Anrainerstaaten heute besorgt über chinesische Dammbaupläne am Oberlauf des Flusses.

In der Regenzeit führen die Wassermassen des Mekongs zu einem Rückstau und zu Überschwemmungen des Tonle Sap-Flusses in Kambodscha. Dies trägt zu Fischlaichplätzen und zu einem außerordentlichen Fischreichtum in Kambodscha bei und ermöglichte früher die Hochkultur von Angkor Wat, einst die größte Stadt der Welt. Bei einem Ausbleiben der Überschwemmungen des Mekongs werden sinkende Fischereierträge befürchtet. Für Laos, einem Land ohne Eisenbahn, ist der Mekong die dominierende Transportachse. Der Mekong wird auch als das `Meer von Laos´ bezeichnet und sogar das Blau in der Flagge des Landes bezieht sich auf ihn.

Bangkok

Bangkok kam einst durch seine zahlreichen innerstädtischen Kanäle zum Beinamen `Venedig des Ostens´.

Die Kanäle dienten nicht nur dem Transport, sie trugen auch schwimmende Märkte. Die meisten dieser Kanäle sind mittlerweile zugeschüttet und durch Straßen ersetzt worden. Nur noch der Klong Saen Saeb spielt in der Stadt eine Rolle für den Personentransport. Auf diesem Kanal werden jährlich 20 Millionen Personen transportiert.

Der Ganges

Der Ganges ist für die indischen Hindus als *heiliger Fluss* von großer Bedeutung. Trotz seiner Wassermengen - bis Kanpur ist er für größere Schiffe befahrbar - weist er jedoch nur wenig Verkehr auf. Obwohl der Ganges zu den schmutzigsten Flüssen der Welt zählt, wird ihm viel Trinkwasser entnommen. Allein die Kolibakterienbelastung liegt 2000 Mal über dem indischen Limit. Noch mehr Wasser als der Ganges führt der Brahmaputra. Vor der Teilung des Subkontinents hatte er mehr Verkehr als der Ganges. Doch ist er heute von einer Grenze durchschnitten und sein Oberlauf ist wenig industrialisiert. So hat auch dieser Fluss wenig Güterverkehr. Der Touristenverkehr nimmt allerdings zu. Recht güterverkehrsreich sind dagegen die Küstenkanäle von Goa. Dort werden etwa 30 Millionen Tonnen Eisenerz pro Jahr transportiert. Insgesamt leistet die Binnenschifffahrt in Indien nur 1.5 Milliarden Tkm pro Jahr - weniger als in Österreich.

☞ Der durch Himalaya-Schmelzwasser gespeiste Ganges-Nebenfluss Kosi gilt, wegen regelmäßiger Überflutungen als ‚Sorge Bihars' (Bihar ist ein indischer Bundesstaat).

Bangladesh und die Segelboote

Das Land mit dem intensivsten Schiffspersonenverkehr weltweit ist erstaunlicherweise Bangladesh. Im Mündungsdelta von Ganges und Brahmaputra gibt es zahlreiche Flüsse und Flussarme und in der Regenzeit sind viele Straßen überschwemmt. So bleibt der Schiffsverkehr, oft mit Segelbooten, als billige und zuverlässige Transportalternative. Mehr als 700 000 so genannte *country boats* sind im Land unterwegs, dazu kommen Fähren und motorisierte Frachtschiffe. Verkehrsleistung: jährlich ca. 10 Milliarden Pesonenkilometer.

Der Indus

Wie in Indien der Ganges wird auch der Indus, an dem sich einst eine der ältesten Zivilisationen entwickelte, in Pakistan seit dem Bau von Eisenbahnen nur wenig für den Güterverkehr genutzt. Er führt viel Schlamm mit, ist von Trockenperioden betroffen, wechselt seinen Verlauf in der Regenzeit und ihm wird durch Bewässerung viel Wasser entzogen. Er wird deshalb nur von kleineren Booten befahren, im Oberlauf kommt Flößerei dazu.

Der Amur Darja

Sogar im trockenen Afghanistan gibt es begrenzten Schiffsverkehr - auf dem Amur Darja, der die Grenze zu Tadschikistan, Usbekistan und Turkmenistan bildet. In Afghanistan wird moniert, dass schnelle usbekische Grenzpatrouillenboote durch Wellenbildung zu einer Erosion des nicht befestigten Flussufers beitragen. In Usbekistan selbst wird dem Fluss viel Wasser entnommen, um Baumwollfelder zu bewässern. Das führt dazu, dass der Aral-See immer mehr verlandet und etliche Fischerei-häfen mittlerweile trocken gefallen sind.

Die Ziegenhautflöße

In Vorderasien sind als Binnenschifffahrtsweg nur Euphrat und Tigris von Bedeutung. Vor dem 2. Weltkrieg gab es regelmäßigen Dampfschiffsverkehr zwischen Bagdad und Basra. Nördlich von Bagdad trieben ab Tikrit Kelleks, aufgeblasene Ziegenhäute, die mit Holzstämmen belegt wurden, den Tigris herunter. Das Holz wurde in Bagdad verkauft und die Ziegenhäute wanderten auf dem Landweg wieder nordwärts. Der Kellek-Bau war einst das wichtigste Gewerbe in Tikrit (später als Heimatstadt und Versteck Saddam Husseins- ein Fluchtboot am Ufer half, das Versteck zu finden- bekannt geworden).

10. Australien und Neuseeland

Echuca am Murray River

Australien ist der trockenste Kontinent, hier gibt es heute keinen Binnenschiffsverkehr mehr. Doch einst gab es ihn - auf dem Fluss Murray im Süden des Landes. Als das Eisenbahnnetz noch wenig ausgebaut war und die Bahn von Melbourne kommend auf den südlichsten Punkt des Murray beim Ort Echuca stieß, entwickelte sich dort in der zweiten Hälfte des 19. Jahrhunderts der größte Flusshafen Australiens. Wolle und andere landwirtschaftliche Produkte wurden mit Dampfschiffen nach Echuca gebracht und dort auf die Bahn verladen.

Ein ähnlich wichtiger Hafen war weiter stromabwärts Morgan im Bundesstaat Südaustralien, von wo Güter ebenfalls mit der Bahn nach Adelaide gebracht wurden. Doch als das Bahnnetz in Australien weiter ausgebaut wurde, auch entlang des Flusses, ging die Bedeutung der Schifffahrt, die zeitweise unter niedrigen Wasserständen litt, schnell zurück.

Heute ist Echuca wieder ein belebter Ort mit viel Schiffsverkehr. Doch diesmal sind es Touristen und Tagesausflügler, die die restaurierten Dampfschiffe nutzen. Echuca sieht sich heute als der Ort, der über die weltweit größte Schaufelraddampferflotte verfügt.

Die Brücke nach Nirgendwo

Der Whanganui ist der längste schiffbare Fluss Neuseelands, er hat jedoch nur Freizeitverkehr, vor allem Kanu- und Kajakfahrer. Im Mangapuruatal gibt es eine bekannte *Bridge to Nowhere.* Hier versuchten um 1930 Farmer erfolglos, sich eine Existenz aufzubauen. Die Farmen wurden 1942 aufgegeben und nichts blieb mehr von ihnen übrig. Nur noch die Brücke zeugt von der Siedlung.

Anhang

1. Beinamen von Wasserwegen

a) Flüsse

Mutter (Mütterchen)	Donau, Wolga (Mütterchen), Ganges, Gelber Fluss (Mutter Chinas)
Mutter aller Flüsse/ Mutter aller Wasser	Mekong, Huang He, Rio Magdalena (Kolumbien)
Vater	Rhein, Jenissei

b) Kanäle

Big ditch	Panamakanal, Manchester Seekanal
Todeskanal	Belomor-Kanal, Konstanza Kanal
8. Weltwunder:	Telemark-Kanal, Panamakanal, Schwarzenbergscher Schwemmkanal

Elbe-Seitenkanal	Elbe-Pleitenkanal Heide-Suez
Rhein-Herne-Kanal	B-1 der Wasserstraßen, Schlagader des Ruhrgebietes Ruhrkohlenkanal
Nord-Ostseekanal	Kanal der Traumschiffe
Eldekanal	Silbernes Band Mecklenb.
Götakanal (S)	Blaues Band Schwedens, Scheidungskanal
Canal du Midi (F)	Canal des deux mers
Panamakanal	Nadelöhr des Welthandels
Suezkanal	Marlboro-Kanal

2. Wichtige Flüsse nach Länge und Abflussmenge

Fluss	Länge (km)	Abfluss m^3/Sek
Amazonas (mit Ucayali)	6400/6800	209 000
Nil (mit Kagera-Nil)	6671	2 800
Jangtsekiang	6386	31 900
Mississippi (mit Missouri)	6051	15 400
Jenissei	5940	19 600
Gelber Fluss (Huang He)	4845	2 100
Kongo	4374	39 200
Mekong	4500	16 000
Parana (mit Rio Grande)	3998	19 500
Wolga	3534	8 080
Euphrat (mit Murat)	3380	840
Donau (mit Breg)	2888	7130
Ganges	2511	13 000
Rhein	1320	2330
Elbe (mit Moldau)	1252	700

Quelle: Wikipedia

3. Wasserstraßen, die auf der UNESCO-Liste des Weltkulturerbes verzeichnet sind

Kanäle und Schiffshebewerke

Land	Bauwerk	seit
Frankreich	Canal du Midi	1996
Belgien	4 Schiffshebewerke des Canal du Centre	1998
Kanada	Rideau-Kanal	2007

Vorgeschlagen: Polen: Augustow-Kanal

Flusstäler

Land	Flussabschnitt	seit
Frankreich	Tal der Loire	1997
Deutschland	Oberer Mittelrhein	2002

2009 gestrichen: Elbtal bei Dresden; Quelle: UNESCO

4. Städte mit Stapelrecht im Mittelalter

Region	Stadt Jahr der Verleihung des Stapelrechtes Beschränkung auf bestimmte Güter
Rheinkorridor	**Köln** 1259, **Mainz** 1317, Straßburg um 1350, Trier 14. Jahrhundert Mannheim (Neckarstapel 1749-1827)
Donauraum	Passau 1390 (Salz, Wein), <u>Österreich</u>: Enns 1212, **Wien** 1221, Steyr 1287 (Holz, Eisen), 1332, Wels 1372 <u>Ungarn</u>: Klein-(Buda) Pest 1230,
Isar, Inn, Salzach	München (Salz) 1332, Neuötting, Salzburg 14. Jahrhundert
Main	Frankfurt 1253, Miltenberg 13. Jahrhundert
Elbe, Moldau und Nebenflüsse	**Hamburg** 1189, **Magdeburg** 1240, Prag um 1355, Dresden 1455, Berlin um 1250, Lüneburg 1392, Leipzig 1466
Weser	**Hann. Münden** 1247, Minden 1522, Bremen 1541
Oder und Neiße	Stettin 1283, Breslau 1274, Görlitz 1339 (Salz und Waid),
Nordsee	**Emden** 1494, Itzehoe 1260
Ostsee	Lübeck 1307, Riga 1346, Danzig Ende des 15. Jahrhunderts
Niederlande	**Dordrecht** 1249, Zwolle 1437, Alkmaar 1299, Groningen 15. Jahrhundert
Belgien	Brügge 13. Jahrhundert, Antwerpen 1296, Aalst 1296 (englische Wolle), Gent 1314
Seine (Frankreich)	**Paris, Rouen** um 1500

Fett: Städte, in denen sich das Stapelrecht am stärksten auf die Entwicklung der Schifffahrt auswirkte.

Weitere Privilegien: Heilbronn: Neckarprivileg 1333

5. Personenverkehr auf Binnengewässern

a) Landesweite Verkehrsleistung (Milliarden Personenkm)

	Mrd Pkm	Jahr
Bangladesh	9	1995
Vietnam	3.4	2005
China	3.1	2005
Russland	0.5	1992
Schweiz	0.1	2006

b) Auf dem Wasser beförderte Personen in Städten

Passagiere (Mio)		**Jahr**	**Hauptnutzer**
1. Bangkok	130	2005	Bewohner
2. Venedig	89	1996	Einwohner, Touristen
3. Istanbul	61	2005	
4. New York	47	2005	Pendler
5. Hong Kong	45	2005	
6. Seattle	26	2005	Pendler
7. Sydney	14	2004/05	
8. Chongqing	14	2005	Pendler
9. Shanghai	12	2005	Einwohner
10. Lissabon	11	2005	
11. Amsterdam	8	2005	
12. Paris	7	2005	Touristenboote

weitere Städte

Europa	Hamburg 6.4 (06), Stockholm 3.7 (05), Göteborg 2.9 (03),
Asien	Bombay 1.8 (01/02)
Amerika	Vancouver 5.2 (06), San Francisco 1.9 (05)
Ozeanien	Brisbane 5.7 (05), Auckland 4 (05)

Unterstrichen: Binnengewässer

Quelle: Jane´s Urban Transport Systems

6. Binnenschiffsgüterverkehr (Mrd Tonnenkilometer)

a. Weltweit

Land	Milliarden Tonnenkilometer		
	1990	2000	2005
China	345	666	1112
USA	516	526	476
Russland	214	69 (98)	71
Brasilien	:	21.2	:
Kanada	38	25	27

(Quelle: nationale Statistiken, US Bureau of Transport Statistics)
Kanada mit Großen Seen (ca. 5 Mrd tkm): 2008 insg.: 27
China: starker Zuwachs durch schnelles Wachstum der Stahl-
und Bauindustrie. USA: 2008: 454 Mrd tkm
Andere Länder mit > 0.2 Mrd tkm: Vietnam 4.8 (05) Bangla-
desh 2.2 (95), Indien 1.5, Kolumbien 0.5 (89), Birma 0.3 (04)

b. Europa (Quelle: Eurostat)

in Mrd Tkm	1990	2000	2005	2007	2008
Deutschland	54.8	66.5	64.1	64.7	64.1
Niederlande	35.7	41.3	42.2	46.0	45.3
Ukraine	12.0	:	:	:	:
Frankreich	7.6	9.1	8.9	9.2	8.9
Belgien	5.4	7.2	8.6	9.0	8.7
Rumänien	2.1	2.6	8.4	8.2	8.7
Serbien	3.2	:	:	:	:
Ungarn	2.0	0.9	2.1	2.2	2.3
Österreich	1.7	2.4	1.8	2.6	2.4
Bulgarien	1.6	0.3	0.8	1.0	2.9
Slowakei	:	:	:	1.0	1.1
Polen	1.0	1.2	0.3	0.28	0.28
Luxemburg	0.3	0.4	0.3	0.35	0.37
Großbritannien	0.3	0.2	0.2	0.16	0.15
Italien	0.1	0.1	0.1	0.09	0.06

Länder mit < 0.1 Mrd. Tkm: Tschechische Republik (2008
0.03), Finnland (0.08), Schweiz, Weißrussland. Sehr geringer
Verkehr (< 0.01) in Lettland (1990 noch 0.3), Litauen (0.01) und
Estland, sowie Moldawien (1990 noch 0.3) . Kroatien 2008: 0.8.

7. Die größten Binnenhäfen

nach Umschlag in Mio Tonnen, Referenzjahr in Klammern

a. Welt

Land	Umschlag (Millionen Tonnen/Jahr)
USA (2008)	Ohio: Huntington Tristate 62.9, Pittsburgh 37.9, Cincinnati 12.2, Mississippi: St. Louis 26.8, Memphis 14.8, Minneapolis/St. Paul 12.2 Große Seen: Duluth 41.1, Chicago 20.6, Detroit 11.6, Toledo 9.9, Cleveland 9.6
China	Nanjing >70, Chongqing 38.9, 7 Häfen mit > 10 Millionen Tonnen
Brasilien	Manaus 13.3 (2000, nur Binnenverkehr), Coari 2.3, Barcarena 0.7

Quelle: nationale Statistiken, US Army Corps of Engineers

b. Europa

Land	Umschlag (Millionen Tonnen/Jahr)
Belgien	Lüttich 21.2 (10), Gent 16.4 (09), Brüssel 8.0 (09), Charleroi 4.3 (09), La Louvière 5.0 (06), Namur 3.5 (03)
Finnland	Saimaa 1.5 (99)
Frankreich	Paris 20 (09, 1974 : 38.8), Straßburg 8.6 (04), Rouen 3.6 (04), Thionville-Illange 3.1 (04), Metz 2.1 (04), Mulhouse 1.5 (04)
Großbritannien	Alle Binnenhäfen: 2.0
Italien	Cremona 0.7 (99), Mantova 0.6 (99)
Niederlande	Rotterdam 106.4 (99), Delfzijl 3.5, Hengelo 3.3, Wageningen 1.4, Nijmegen 1.0, Venlo 0.4
Polen	Alle Häfen: etwa 7 pro Jahr, Warschau < 0.1
Schweden	Vänernham 2.8 (99)
Tschechische R.	Lovosice und Decin: 0.6 (2006)

Quelle: verschiedene nationale Statistiken

Europa-Donaukorridor (Quelle: Donaukommission)

Österreich	Linz 4.8, Wien 1.2, Enns 0.8
Slowakei	Bratislava 2.5
Ungarn	Budapest 1.5, Dunaujavros 0.7
Kroatien	Vukovar 0.3
Serbien	Belgrad 0.6, Novi Sad 0.8
Bulgarien	Russe 1.9, Lom 1.1, Vidin 0.5
Rumänien	Giurgiu 0.6, Braila 0.6, Galati 8.7
Ukraine	Ismail 6.7, Reni 2.2

c. Deutschland (Quelle: Statistisches Bundesamt)

Bundesland	Umschlag (Millionen Tonnen, 2008)
Baden-Württemberg	Mannheim 8.7, Karlsruhe 6.5, Heilbronn 3.9, Kehl 3.6, Stuttgart 1.1, Breisach 0.8, Weil 0.6
Bayern	Regensburg 2.5, Aschaffenb.0.9, Kelheim 0.6, Nürnberg 0.4, Würzb. 0.4, Deggendorf 0.4, Straubing 0.4, Bamberg 0.3, Passau 0.3
Berlin	Berliner Häfen 3.7
Bremen	Bremen/Bremerhaven 5.9
Brandenburg	Königs Wusterhausen 1.8, Brandenburg 0.6, Eisenhüttenstadt 0.1
Hamburg	Hamburg 12.2
Hessen	Frankfurt 3.8, Hanau 1.8, Wiesbaden 0.6
Niedersachsen	Salzgitter 2.6, Emden 2.0, Nordenham 1.9, Oldenburg 1.0, Hannover 1.5, Braunschweig 0.8, Osnabrück 0.6, Hildesheim 0.6, Leer 0.4
Nordrhein-Westfalen	Duisburg 51.4, Köln 14.8, Neuss 7.4, Marl 5.2 Gelsenkirchen 3.4, Krefeld 3.5, Hamm 3.1, Dortmund 2.2, Leverkusen 2.4, Düsseldorf 2.4, Wesel 2.3, Essen 1.6, Kleve 1.5, Herne 1.4, Emmerich 1.3, Mülheim, 0.8, Münster 0.8, Minden 0.8, Bonn 0.6
Rheinland-Pfalz	Ludwigshafen 7.6, Mainz 3.1, Andernach 2.8, Worms 1.3, Trier 1.2, Koblenz 1.0, Speyer 0.7
Saarland	Saarlouis-Dillingen 3.6
Sachsen	Dresden 0.1
Sachsen-Anhalt	Magdeburg 2.8
Schleswig- Hols.	Brunsbüttel 3.3, Lübeck 0.7, Kiel 0.2

8. Die größten deutschen Binnenhäfen im Jahr 1875

(Umschlag Ankunft/Abgang/Insgesamt in 1000 Tonnen):

	Ankunft	Abgang	Summe
Berlin	2992	247	3239
Duisburg/Ruhrort	761	2174	2935
Hamburg	336	463	799
Mannheim	569	167	736
Magdeburg	418	258	676
Danzig	408	174	582
Stettin	304	210	514
Memel	309	65	374
Bremen	201	76	277
Köln	160	98	258
Mainz	228	25	253
Frankfurt/M	197	4	201
Dresden	179	17	196
Breslau	111	80	191
München	156	22	178
Lindau	47	115	162
Lahnstein	15	136	151
Passau	75	68	143
Heilbronn	47	96	143
Düsseldorf	104	36	140
Saarbrücken	103	26	129
Königsberg	74	14	88
Worms	49	8	57

Quelle: Karte des Verkehrs auf Deutschen Wasserstraßen im Jahre 1875, in Martin Eckoldt, Flüsse und Kanäle, S. 21

Verkehr im Jahr 1891 (1000 Tonnen):
Ruhrort 3535, Mannheim 2803, Duisburg 2745, Ludwigshafen 820, Frankfurt/M 597 (1890), Köln 571, Mainz 253
Andere Länder: Mailand (Dersane): 350 000 Tonnen (1830) Bern (Hafen Matten): ca. 11 000 (um 1825)

Literatur

Apel, Jürgen, Rüppel, Heidi
Auf Entdeckungstour entlang der Weser
LSRB-Verlag, Witzenhausen 2004

Brockhaus - was so nicht im Lexikon steht,
Brockhaus Verlag 1996

Martin Eckoldt (Hrsg.)
Flüsse und Kanäle
Geschichte der deutschen Wasserstraßen
DSV Verlag, Hamburg 1998

Christian Heynen
Mission X-Genialen Entdeckern auf der Spur
Hrsg. von Günter Myrell und Daniel Manthey
DTV Verlag, München 2006

Anne Ley
Museum der Deutschen Binnenschifffahrt
Führer durch die Ausstellung
Klartext-Verlag, Duisburg 2000

Hans Werner Merkle
Donaufahrt
Stuttgart 2001

Fred Pearce
Wenn die Flüsse versiegen
Verlag Antje Kunstmann, München 2007

Hans Georg Prager
Zu Schiff durch Europa. Das Buch von der Binnenschifffahrt
Koehlers Verlagsgesellschaft, Herford 1988

Laurent Roblin
Cinq siècles de transport fluvial en France
Editions Ouest-France, Rennes 2003

Eckhard Schinkel
Schiffs-Hebewerke in Deutschland
Klartext Verlag, Essen 2007

Ralf Schröder
Göta Kanal - Mit dem Schiff durch Schweden
Vision Travel, Karlsruhe 2005

Michel-Paul Simon
Die Kanäle Frankreichs
Heel Verlag, Königswinter 2006

Hans Joachim Uhlemann
Die Geschichte der Schiffshebewerke
DSV-Verlag, Hamburg 1999

Hans Joachim Uhlemann
Schleusen und Wehre-Technik und Geschichte
DSV-Verlag, Hamburg 2002

Statistiken

Stat. Bundesamt, Binnenschiffahrt
http://www.statistik-portal.de/statistik-portal/Binnenschifffahrt.pdf

Europäische Kommission
EU Energy and Transport in Figures 2010
http://ec.europa.eu/dgs/energy_transport/figures/pocketbook/index_en.htm

Donaukommission (Budapest)
Statistisches Jahrbuch der Donaukommission (2004)
http://www.danubecom-intern.org/ADOBE%20ACROBAT/STAT-EJEG-
2004/Stat%20jahrb.%202004.pdf

Zentralkommission für d. Rheinschifffahrt (Straßburg)
http://www.ccr-zkr.org/
Statistiken (2002)

US Army Corps of Engineers
Tonnage for selected U.S. Ports in 2009
http://www.ndc.iwr.usace.army.mil/wcsc/portton09.htm

National Bureau of Statistics of China
Statistical Yearbook of China 2006, Beijing 2007
http://www.stats.gov.cn

Webseiten

Weitere Kommissionen

Internationale Kommission zum Schutz des Rheins
(Koblenz), http://www.iksr.org/

Internationale Kommission zum Schutz der Donau
(Wien), http://www.icpdr.org/

Internationale Kommission zum Schutz der Elbe
(Magdeburg)
http://www.ikse-mkol.org/index.php?id=1&L=0

Moselkommission (Trier)
http://www.moselkommission.org

Save (Sava) Kommission (Zagreb)
http://www.savacommission.org/archive.php

Andere Webseiten

Anderten Schiffschleuse
http://www.wag-andeten.de/and_schleuse.html

Europäische Route der Industriekultur
http://de.erih.net

Intrasea
http://www.intrasea.com

Ministério dos Transportes (Brazil)
Relatorio Estatistica Hidroviária
http://www.transportes.gov.br

University of Rochester
United States Department of Commerce and Labour
Great Canals of the World, Washington 1906
http://www.history.rochester.edu/canal/bib/whitford/old1906/vol2/part5
.htm

Weitere Bücher des Autors (Siehe www.bod.de)

Vom Braess-Paradox zur Zwiebacksäge
Der Wissensabrunder zu Transport und Verkehr
Books on Demand, Norderstedt 2007
ISBN 978-3-8333-4923-89

Adorno Ampel und Schwebebahnelefant
Kleine Geschichten zu allem, was uns bewegt
Books on Demand, Norderstedt 2010
ISBN 978-3-833-4958-47

Kommt Zeit, kommt Rad
Kleine Geschichten und interessante Fakten zur Entwicklung des
Fahrradverkehrs
Books on Demand, Norderstedt 2011
ISBN 978-3-837-0027-37

Schuhfrust und Wanderlust
Kleine Geschichten zu Schuhen, Fußgängern und Skatern
Books on Demand, Norderstedt 2008
ISBN 978-3-837-0151-88

Palast der tausend Winde und Stachelbeerbahnhof
Kleine Geschichten zu 222 Bahnhöfen in Deutschland, Öster-
reich und der Schweiz
Books on Demand, Norderstedt 2010
ISBN 978-3-837-0006-41

Der Lebkuchenbahnhof am Ende der Welt
Kleine Geschichten zu 200 Bahnhöfen in Asien, Afrika und
Ozeanien
Books on Demand, Norderstedt 2010
ISBN 978-3-837-039-13

Grand Central Terminal und Pampabahnhof
Kleine Geschichten zu 222 Bahnhöfen von Alaska bis Feuerland
Books on Demand, Norderstedt 2010
ISBN 978-3-837-039-13